X！為何我又站在雪地上

陶晶瑩——著

目 錄
CONTENTS

白比黑更難測，因為白會偽裝。

在雪地裡，只要有一點風、有一些雪，

萬物都被覆蓋遮掩。

你只能臣服，和小心翼翼。

所以，或許恐懼是白色的⋯⋯

第一部
黛玉進化史

人生 FIRST

雪地滑行經驗

—— 留壽都 ——
RUSUTSU

Chapter 1

年過四十，
拖著滑雪板往上爬的我

溫度，零下十幾度。大雪紛飛，四方無人。

我的左腳被牢牢銬住，右腳往上坡努力地爬。

如果遠方有狗吠聲，我大概就像是從苦牢越獄的囚犯，為渴望已久的自由掙扎；如果前方有閃著小燈的木屋，那我便是迷路的旅人，要用盡最後的氣力奔向溫暖。

但我什麼都不是。

我只是一個年過四十的，兩個孩子的媽。在這大雪天，我應該泡在溫泉裡，邊啜飲sake，邊欣賞著飄下的雪花，我應該是已經可以安穩享受人生的貴婦，為什麼？！為什麼我要這麼辛苦地拖著那重得要死的滑雪板，一步一步往上坡爬？！

冷不防，雪板還往下滑了幾公分，讓我不聽使喚的雙腳瞬間分開，劈傷了大腿內側的筋。在面罩下的口鼻，呼吸越來越急促，呼出的熱氣也讓面罩幾乎濕透。

我繼續試著抬起我的左腳，試圖控制那厚厚雪靴和襪子裡的腳掌，我已不確定，我那可憐的雙腳還能撐多久？我的腳趾還有知覺嗎？

這是我第一次滑snowboard，應該也是最後一次。

CHIK-CLAK

我那擅長各種板類運動的老公早已不見蹤影，兩個小孩在不遠處上著
同樣的雪板課，我很懷疑自己會不會暈倒。

我試圖看一下多久後才能下課，但手機已被凍到當機，我看不清教練
的臉，只聽見她的聲音：「Come on! Use ur muscles!」

她，一個二十來歲的小洋妞，活力無窮地對我叫著要我用我的肌肉，
我回她：「I don't have muscles!」

那女孩要逼我上梁山，她說：「Everyone has muscles!」

每個人都有肌肉！

我恨我那無力的、軟綿綿的核心，因為我在那裡找不到肌群。

而更不知為何，才短短不到幾十分鐘，膝蓋上方的大腿肌居然開始痠痛！

天啊！誰知道上次它有感覺時是哪一次？
印象裡，根本沒用過它們。

來去自如的教練看著我不過才站上滑雪板
二、三次，緩緩滑行，她就像吃了興奮劑
般地叫我和她上纜車，她說，這樣會進步
得很快……

我拒絕她了。

因為，我有種不好的感覺——我如果真的跟她上去專業滑雪道，一定會
摔死！

輕則骨折，再來不能生育（其實也沒有要再生）。

嚴重的話……我不要把我的骨灰撒在北海道！！！

後來，孩子的教練接管了我。

心裡正在竊喜，想著課程應該可以和緩很
多。是的，教練是溫柔許多，但我天生，
就是無法駕馭或享受滑行的樂趣，所以當
第四次我開始緩滑時，越接近成功，我的
身體就越害怕，於是重心自然往後拖。

這樣一來，雪板速度就顯得相對快，於是就嚐到了雪地上的驚天第一
摔！天殺的！兩個教練居然沒在開宗明義第一課就教我們如何安全地
摔倒。（而這是我後來在YouTube上看到的！）

於是，我用了最危險的方式摔——
用手撐地！

我以為雪是軟的。

誰知道，軟雪在日夜累積再加上大批滑雪客的踩壓後，硬得跟水泥地
沒兩樣。當你滑倒的瞬間還想用手撐地，就像在機車上摔出「壘殘」
一樣，輕則傷骨膜、重則骨折。

「蹬」地一聲，我伸出左手撐地，剎時痛得我一片空白。（後來才知
道，雪地裡本來就那麼白……>_<！）

好了，我中了！

溫柔的老師因為怕我往後摔，所以緊貼著我後面滑，但我因為平時為人客氣，不好意思往她身上摔，所以就往前摔……

她趕緊問我：「Are u ok?」

我苦笑地回答：「It hurts! But it hurts in a good way!」

這個答案的意思是，很痛，但不是大傷勢的痛，只是經由手腕傳來的振動，讓我左手肘立刻麻掉，後來有整整兩天無法自己拉起外套，都要靠女兒幫我把左半邊往上拉，將手套進袖子，才穿得上。

其實不嚴重，但確實在睡覺時造成干擾。

因為左手必須撐在某種彎度才不疼，可是睡熟後一不小心，就突然被電醒！折騰了一個晚上，第二天，我十分確定我的滑雪生涯告終，我必須休息，泡個溫泉，喝點sake什麼的。

還有三天假期，就要這麼一直待在室內？

望著窗外飛雪，我開始觀察夜間的雪場。

對我來說，那陡到不可能的雪坡，不是人類能毫髮無傷的境界（天曉得後來我才了解，那不過是初學者的綠線！）但當我仔細觀察，有不少小小孩在雪場來去一陣風時，我開始好奇，所以，滑雪並不那麼難？

而更重要的是，我看到了一線生機──

那些小孩是在ski，雙板，而不是snowboarding 單板？！

於是，我靈魂裡有一位魯夫突然伸出伸縮拳向空中大喊：「換學ski！」

然後又有一位福爾摩斯在腦中分析給我聽：「snowboard是雙腳被綁在同一塊板子上，不會板類運動的會很不習慣重心的拿捏，但ski是兩塊分開的板子，一腳一支，而且左右手還有雪杖各一，也就是說，有四個支點可使力，一定比較好學！」

於是，我幾乎沒想太久，就決定換學ski。

（這位太太，其實你可以不學任何雪上運動的，為什麼不考慮坐在室內賞雪就好？）

插畫／瑪麗

我的助理和納豆聊起我學滑雪的大膽，都嘖嘖稱奇深覺不可思議：「拚什麼？跌個幾次就算了啊！喝喝酒泡個溫泉也是度假啊……」

然後他們又聊到我為了保養身體而固定接受針灸，更是不可遏抑地搖頭：「這個女人太恐怖了！那針扎多深啊！她可以一直扎一直扎……」

嗯，是的，我也拉他們倆一起針灸過，一整面人體要用四、五十根針，還要扎兩回合，他們試了幾次就跑了。

至於我是不是個很猛的女人這件事，他們真的錯看我了。我其實是個很懶、很懶，相當好逸惡勞的女人。

能坐絕不站、能躺絕不坐。

能不接的工作就不接，能縮著打Candy Crush就打一整天，當全世界的大部分人已經忘記這個遊戲，我還堅持打到1000多關。

原因無他，我喜歡簡單、安靜，我其實很宅。

我不但宅，我還超級林黛玉。

纖弱、多愁善感、手無縛雞之力只能葬花、稍稍多走點路就扭傷腳踝（逛街時其實也會痛，只是興奮感支持我往前走）、不受風、不禁寒，必要時也能暈倒，得急召大夫。

曾有一中醫與我對話。

「妳怕冷呀？」她問。

我說：「我不知道耶……只是，我每到一個地方，都會注意到風口在哪兒、哪個位子最冷……」

她打斷我：「這就是怕冷啊！」

對啊，就是怕冷，不然會是什麼？

一年中秋，友人至山上烤肉，每個人穿著短袖T恤忙進忙出，唯獨我穿羽絨厚外套，一女友正要嫌我：「妳會不會太誇張？」

話才說完，我打了一個大噴嚏，她愣了一下，才了解我是林黛玉。

我是，林黛玉。

我，是林黛玉。

好啦，只有臉不像。

每次錄影都頭痛，因為棚裡的冷氣。

我是如此地怕冷。

所以，過去年年都「回」峇里島度假，有部分原因就是在熱帶我可以比較放鬆、不頭痛。

其實好幾年前就有朋友邀我們一同去滑雪，夫妻倆想都沒想就一口拒絕了。因為孩子太小、因為老婆黛玉怕冷、因為老公衝浪就好……

後來，這些朋友滑雪回來後，骨折的骨折、腦震盪的也不少，更堅定了我們不滑雪的決心。

靜靜的生活

問那些朋友：「還去滑雪呀？」他們異口同聲地說：「還要再去！太好玩了！」我跟老公又對看一眼，心想他們真是瘋了……

黛玉本身怕冷、怕累、怕苦，但更怕死。

除非……
除非是為了丈夫和孩子。

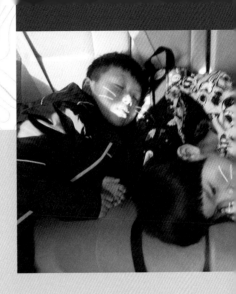

像是針灸，就是為了保養精、氣、神，就是為了能活得更健康，為了能活久一點，能活到看見我的孩子長大成人、讀書、工作、結婚、生子。

看著荳荳和小龍圓圓的小臉，我好奇那聰慧的眼神將如何看盡人世，我希望他們探索未知的驚奇時我也在旁，聽著他們清亮的聲音讀出一篇篇童話，或是困惑地提出疑問、試著找出解答。

日子不再是我一個人的日子，流逝的歲月也是一幅幅珍藏。

我知道我在他們心裡的重量。

我是他們玩鬧的夥伴、生活的教官、睡前的故事工廠、心情低落的樹洞、收藏祕密的寶箱。

最重要的是，我給的親吻和大擁抱，是快速充電的溫暖力量。

所以，為了健康地陪在他們身旁，我願意試各種祕方，只要自己能更強。

當然，還有為了我的丈夫、老公、愛人，那個唯一的他。

人生因為遇見他，才開出奇異的花。人生因為心上有他，才翻出一篇又一篇的奇文共欣賞。

我們相知相惜，共同經過風雨駭浪，體會了什麼叫不離不棄，什麼叫真正的安心。

低谷有時、埋怨有時，但鬱悶的片刻，怎麼也比不了兩個人一起牽手看大海，或是一起選棵樹、種朵花。所以我無法想像失去他，或是想像沒有了我的他。

因為這麼多的原因，所以黛玉要更強。

該來的總是會來的。

荳荳八歲以前，我們只去過一次下雪的地方。

日本、輕井澤、草津。冬天，零下十幾度，雖然都戴了手套、毛帽、圍巾，穿上了發熱衣褲、羽絨衣，全家人還是不停在雪地裡顫抖。那次我們去了雪場，但是只滑了雪盆、打打雪仗。

大家努力想堆個雪人，卻發現雪與雪之間沒有黏著的力量，所以，從原本想堆個圓形大雪人，最後變成歪七扭八的小雪怪……

手套濕了、腳下又滑……雪，原來也沒想像中好玩嘛！

那趟行程最後的感想是，坐在有暖氣的車裡或房裡，靜靜地看飄雪或雪景，就好了，就足夠了。

但是，就在二〇一五年，我們全家的旅行地圖卻有了天南地北的大轉變。

過去，我們向南，奔向赤道，降落在海島。

二〇一五年的前三個月，我們轉向往北，奔向日本的極北，降落在冰天雪地。

三個月裡，我們去了三趟。

黛玉一定是瘋了……

Chapter 3

工欲善其事

滑雪，
一個極其危險的活動。

輕則扭傷、摔傷，重則骨折、腦震盪，或是致命。但是，只要裝備齊全、懂得摔倒的訣竅，它也可以是個很安全的活動。

聽到幾位朋友的雪地玩樂經驗，真的會嚇死人！

穿羽絨衣、毛靴在雪地裡玩（這些都不防水），然後一時興起租雪板，也沒戴頭盔，就這樣「非常勇敢」地摔來摔去，然後便下結論說：「滑雪不好玩！」

基本怕摔的我，先到All Ride去向教練請教，買了全套防護裝備：安全頭盔、護目鏡、護肘、防摔褲。然後是雪地保暖衣褲：先穿排汗衫、禦寒毛料外套，再加上最後一層雪衣。下半身先穿排汗褲、防摔褲、雪襪，最後再套上雪褲，這樣才算完整。

通常穿完這些衣褲，初學者已經滿頭大汗，而這些汗水，代表著你正走向減肥之路——我都是這樣催眠自己的。

裝備都齊全了，但沒人擔保你不會摔跤，只是，往後坐下摔，防摔褲會保護你；摔到頭，有安全頭盔；側摔有護肘，已經去掉百分之九十的傷害了。

剩下的百分之十，全是人自以為是保護自己的反射機制造成的傷害。

人在快要摔倒時，一定會用雙手撐地、企圖減緩衝擊力、增加阻力。沒錯，身體或許不會直接摔下，但那瞬間摔下的重力如果全部經由手掌、手腕，反而會造成很難痊癒的頓挫傷。

因為，雪地是硬的。如果運氣不好，剛下過雨，再加上雪道上太多人滑行壓實，那麼，你將會是在碎冰上滑行，滑溜得難以掌控速度，也硬得像一塊大冰塊。用手撐地，徒增傷悲。

所以，穿戴整齊後，你必須好好練習摔倒。而這點，就是我那第一個教練沒教我的。

所以，我左手撐地，肩膀、脖子、手肘瞬間電麻，這是第一堂課的禮物，也是我到現在都還一直有感的勳章。

後來在練下坡轉彎時，我因失速後腦勺撞擊地面，幸好戴上了安全頭盔。還有幾次跌坐在雪地，謝謝防摔褲擋災擋厄，下半身安全無虞，safe！

是的，滑雪可以是一項很安全的運動，只要你裝備齊全、練好摔倒的姿勢。

工欲善其事，必先利其器。

Chapter 4

師傅

教練，老師，講師？

他們不是coach，也不叫teacher，他們叫instructor，翻做教師，更準確地說，是指導者。

對從未跨足極限運動界的我來說，這個人非常重要，因為他必須針對我個人的心理、生理不同狀態來雙管齊下，要能消弭我的恐懼，並且引導我享受速度。

第一次去滑雪，換了三位教練（其實前兩位是小孩的）。

第三位，是余姓中國教練，在短短的兩個小時內，他光教我穿上雙雪板就用了半個小時，我走路去上廁所再走回來，又花了半個小時，所以，當我能從練習道緩緩用犁式剎車下坡，已經感覺像是登陸月球那般神奇了。

在留壽都的大雪紛飛中，我覺得自己在快速下坡，好不容易滑到盡頭（其實只有大概一百公尺而已），朋友說已幫我錄下剛才那段，仔細一看，天啊，速度只比烏龜快一點點而已……怎麼會這樣？

余教練給我最大的幫忙就是，保證不讓我摔倒。因為他是我轉戰ski的第一個教練，一大早我就叨叨絮絮地不斷告訴他，我摔的那一跤有多可怕，我手還很麻，我恨死單板（snowboard）了……他只是冷靜地說：「我保證不讓你摔！」

什麼？我沒聽錯吧？可以不摔？可以不跌倒？

我突然覺得天空射下一道光芒，紅海要分開了。

一直到現在，我仍然記得他那堂課的重點是：兩個板頭永遠保持一個拳頭的距離，才能剎車。（這是初學者的剎車。）雙板的剎車，其實就是將兩個板子成八字形，畫八越大，剎力越強。

整堂課，

我真的
一次都沒摔。

這些道理是我回到台北，安穩地坐在家裡寫下的——天知道這都是雪地上的苦行換來的。

在這第一堂的ski課裡，我忍不住要去上廁所。練習的地方距離咖啡廳有三百公尺。

若沒下雪，兩、三分鐘就能走到。若是在雪地裡，穿上釘鞋，也只要五、六分吧。

但我穿的是滑雪靴……

而且是租來的……

好，我在這裡解釋一下。

滑單板和雙板是要穿不同的雪靴，如果你初學，或只是偶爾玩，用租的就好了。

租的當然是比較大眾化。我初學時，那雙靴應該將近有十公斤。（後來買了自用的，應該只有五公斤上下。）穿在腳上可練輕功，脫下後可飛簷走壁。

因為它又重又硬，所以也不能用一般姿勢走路。有些教練會教用腳跟腳尖走——就是每跨一步都用腳跟著地，然後把腳放下。另一腳再依此用腳跟點地、腳尖再著地。

三百公尺的路，舉步維艱。我經過其他初學者，又很困難地下了個小坡，然後上階梯，一步、兩步、三步。終於，我進到室內。還有五十公尺，加油！

先脫頭盔和護目鏡。然後走進廁所。拉外套拉鍊、解褲子釦、脫下雪褲、脫下防摔褲、脫下保暖褲、脫下內褲。「碰」的一聲，我幾乎是跌坐在那溫暖的免治馬桶座上！（全世界都該學日本這一點，他們公共廁所幾乎都有免治馬桶，甚至連高速公路的休息站廁所都有！）

我，再也不想站起來了。

大腿恢復了知覺，小腿和腳，仍然僵硬著。坐著，居然也變成了小確幸。要不是想到余教練一個人站在紛飛的大雪裡，我才懶得起身。

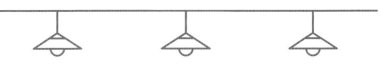

緩緩，站起。

再把自己一層一層穿回去、包起來。

像英文說的：「Put myself together!」在鏡子前再賴一下，整理了頭髮和凍傷的臉頰，然後，戴起頭盔，破釜沉舟地，繼續走進大雪。

再賴一分鐘
就好。

等我再走回余教練身邊，已經過了二十幾分鐘，他看看錶，再讓我從小緩坡練習三次，他就下班了。

老公和小孩用過餐後，還要繼續滑。

我就一個人，拖著前一天因為滑snowboard而受傷的手臂，一組雪板、兩支雪杖，和兩隻重如金鋼的靴，狼狽不堪地一個人回飯店。

當我終於把所有裝備丟在櫃檯時，整個人幾乎是飛奔逃離的……

我實在想不起來在這樣的狼狽過後究竟是什麼原因再讓我願意滑雪的……

後來，才想起是因為一位台灣滑雪界的教父──All Ride的老闆Jimmy一句話，對了，都是他「害」的。

第一次滑雪，又手提這麼重的裝備後，黛玉正式跟老公請辭：「那個鞋重死了啦！」老公也覺得有理。

怎知，他跟Jimmy閒聊到這個問題，那位大師回答：「有很輕的啊！重量差海了！」

因為一句「重量差海了」，
黛玉又下海了。

P.S. 交朋友要注意啊！這位Jimmy就是李仁和史丹利合著的《滑雪讓我們人生更完整》書中的那位恐怖孫董、孫教官……蘇慧倫好辛苦啊……

人生 SECOND
滑雪
—— 新雪谷 ——
NISEKO

Chapter 5

教練百百種

日本北海道的新雪谷（Niseko，也稱二世古或二世谷），是世界第四大滑雪勝地，距離新千歲機場，還必須坐一趟二個半小時的巴士。

新雪谷早期就來了許多澳洲滑雪客，後來又吸引更多歐美滑雪客，以致於當你走在新雪谷街上，會誤以為置身在歐洲。街上所有商店店員或教練，都是老外。在這裡，日文是不通的。

二月，街道上積滿雪，和雪積很厚壓縮成的冰體。

如果腳下踩的是初落下的積雪，尤其是北海道舉世聞名的粉雪（powder snow），那就是鬆鬆軟軟的觸感，一個歐洲教練告訴我，他們專門來北海道朝聖，朝粉雪之聖。

他說，在歐洲，雪花中的水分占百分之二十，比較黏，很容易黏在雪板上，不利滑行；但北海道的雪中水分僅占百分之四，所以鬆軟。

那沒被踩實的降雪，真的很像女人化妝用的蜜粉，又或者應該這麼說，比蜜粉還鬆，像一堆不切實際的夢捧在手上。

這次沒有朋友帶領，全家到了新雪谷，我們住進了一個有廚房的公寓，準備好好來上課。

因為正逢中國年，所以在新雪谷的路上，中國人、香港人，和西方人各占一半。又因為怕訂不到教練，所以在台灣時就先預訂。

唉，只能說，選滑雪教練跟人生任何事都一樣——很需要運氣！好教練讓你愛上滑雪，爛教練讓你生不如死（因為很浪費學費）。

帶領我們
進入 雪世界的
Rina

Kevin　　　Jeffery

孩子們在此碰到的第一個教練並不好，他看孩子太小（九歲、六歲），不願意教；第二個教練只讓孩子隨意玩玩；第三個教練來自澳洲，叫做Jason，很大膽，帶著兩個小蘿蔔頭直闖紅線，而且把他們安全地帶下來。

事後他跟我們合照，一直說要寄照片給他，要讓大家看看他教過多小的小孩。

當我看到我那身高不到一百一十公分的小龍從雪道穩穩滑下時，我真以為眼花看錯了！

一家四口在雪道上相逢，Niseko Hirafu的天空一時間充滿了中文「爸爸——媽媽——姊姊——弟弟——」的呼叫聲，真是驚天動地！

爸爸

媽媽

姊姊

弟弟

孩子的教練還行，我碰到的也不錯。

我的第二位教練叫做Nicolas，來自丹麥。一個瘦瘦高高、臉長得真的很像電影明星Nicolas Cage的大男孩，才二十出頭。

他跟我的互動比較像是朋友，邊聊天、邊滑雪。他說他三歲開始滑、媽媽從小就教他；我說我害怕速度、為了老公小孩才站在這裡。

他說他去過冰島，我問他有沒有去過歌手碧玉（Björk）的家（看吧，真是亂聊），而他居然說有，是他朋友帶他去的，碧玉家就是一個小小的房子，那天她不在家，他們只在車道上晃晃就走了……他是天真爛漫的人，教我轉彎時，邊唱「I believe I can fly」邊張開雙手往下滑。

但因為他在前面帶頭，無暇看顧在他身後的我是如何扭曲肢體、歪斜醜陋，畫面裡就是一隻自由的鳥帶領著一隻笨重的烏龜。

第三位教練是來自澳洲的John，他帶我第一次坐雪地纜車，第一次成功地從初學者綠線安全滑下，也陪我因為第一次成功滑雪而流淚……

但讓我徹底放手大膽去滑雪的正是第四位，中國教練王永緣。王教練是個嘴巴和身體都停不下來的人。當他拉著我坐上纜車再滑下來時，我從他滔滔不絕的講解和笑話中，不知不覺就克服恐懼、完成任務。

他說初學者容易犯的毛病是一直低頭看雪板，這樣很危險，於是，他開玩笑：「這雪場的錢全被我撿光了，地上沒錢，別看了！」

他又教我，如果失速快撞上別人，「那就往死裡撞，你就一直往那人的方向去！」那如果真撞傷別人呢？原來，王教練說，當初學者一心想往某個方向去時，肩膀一往那方向用力，反而會往反方向走，恰好可以避開撞到人！

當他帶我坐上了更高的纜車，我開始因為高度而擔憂：「這麼高，摔下去很痛吧？」他立馬接話：「嗨，你這人怎麼這麼負面思考？你怎麼不好好享受一下如此美妙的風景？來，你扭頭看看，整個新雪谷的全景就在你身後，很美吧？！」

哇！我本來縮在沒蓋子沒底板的纜車裡暗自發抖，居然就斗膽轉了個頭，哇！風景真的很美，可是還是⋯⋯好高啊！媽！

到了山頂，看見一個外國滑雪者，以極高速向下衝，一個不慎，整個人以頭頂地又一八〇度向前轉一圈，正要開滑的我嚇壞了，只聽身旁的王教練悠悠地說：「這就是單板的樂趣！哈哈哈哈！」

我只能說，他真的是很正面思考的人。

王教練還帶來另一個助教，一個漂亮的小女生——劉羽薇。她靜靜地跟在我身後，用相機記錄一切。到第二天王教練去忙別的事時，她才一格一格放給我看我一直無法順利轉彎的原因。

原來，我太過緊張，明明只要輕輕地把重心放在某一腳就可以轉彎，我卻太刻意地將屁股用力突出去，如此一來，反而抵消轉彎的順暢，哇！原來，要學好滑雪必須注意這麼多的細節，這應該也是許多專業選手必須用慢動作格放來反覆修正自己動作的原因。

後來在白馬，我還認識了Perry、明秀、Akira、小胖、Ning教練。除了Akira是日本籍，其他幾人都是一群熱血的台灣年輕人。

Perry是滑雪選手，白天教滑雪，晚上還要開兩個小時車到長野的小佈施去做跳台練習，這本書中許多滑雪資訊也大多來自他的提供，感激不盡。

明秀是曾經得過伊林模特冠軍的美麗混血兒，雖然只有十八歲，卻對自己的人生很有主張，從小自學的她在世界各地有雪的地方邊教滑雪邊經歷人生。小胖本來是滑水選手，那些在水上翻轉的技巧，用在雪上跳台也剛剛好。

而Ning則是從摔滾翻跌中一步步學習成為滑雪教練。

Akira，是一位會說中文的日本札幌人。他應該也是諸多教練中最了解我心理狀態的一位。

因為他從小就被嚴厲的爸爸逼著滑雪。小小的四、五歲年紀，一大早天未亮就被拎到暴風雪的山頭，然後被喝斥：「滑！向前滑！」他一邊發抖一邊照做，不敢違抗凶巴巴的父親。因此，在他的記憶中，雪、山谷、陡坡，都是恐懼的同義詞。

所以，Akira完全明白我在怕什麼，又該如何幫我。

你知道的，若是一位天生的運動員，對於我們這種肢障的異類，只會不可置信地翻白眼，然後不明白我們怎麼會如此無助。

滑水冠軍
小胖
Perry

從小自學，
也有加拿大滑雪教練證照
伊林 Model
選秀冠軍的混血美女—明秀

但Akira小心翼翼的同理心，對我有莫大的幫助和安慰。

他也挺幽默的。滑了十幾年雪，Akira分析，真正的滑雪高手因為選的衣服會著重機能，所以多半樸素。「那種打扮花俏又時髦的，一定不太會滑雪！」原來，在雪地上還可以這樣「以貌取人」，太有趣了。

轉頭一看自己……
啊，果然好花俏呀！

每個教練有不同的指導方式，也有不同的人生觀，除了學滑雪，我也向他們學到新的人生視角。

老外教練會用比較輕鬆的方式希望你從玩中學，John甚至還提醒我，放鬆一點，看看四周的雪景，因為，他享受的不只是全速往下衝，還包括了美不勝收的大自然。

中國教練仔細分析動作細節，嘴巴邊說邊趕鴨子上架，忽然一個不注意，也就會滑雪了。

羽薇教練還特別細心，教了一些如何從纜車上站起滑出，不至於被纜車從後方打到仆街。

總之，很謝謝各路教練的神功灌頂，讓我進入了滑雪的世界。

在我第一次跟John從雪道成功滑下來時，我激動
地哭了，他很緊張地問我：「What's wrong?」
我，在如此激動的時刻，還要用英文回他話，
大意是說，我終於踏出這一步，克服了自己的
恐懼，拋下了過去那個舒適圈中的自己……

是的，這是我年過四十後，給自己的一份大
禮。

我終於能克服對高度、速度的恐懼，也終於一
步步地學習，然後能在腦中有百分之九十九的
瘋狂思想中，用僅剩百分之一的理智來控制我
的身體，完成那些不可思議的動作！

美國神經學家所羅門‧斯奈德說：「改變世
界的科學家都有一個與常人不同的特質：大
膽！」

他認為「大膽」是指一種勇敢去做的態度，堅
定不移，帶著自信，努力讓點子成真，「就算
鼻子被世界揍了一拳」也不會退縮。

是的，
我可是傷了手臂，撞了尾椎，
也不會退縮……

Chapter 6

往下衝的時候……

在Niseko的Hilton綠線，因為我還在練習剎車和轉彎，所以從初學到熟悉到學成，是會經過一些「致命」的過程。

所謂「致命」，就是雪板以一種不可控制的速度往山下衝、往山下飛奔。那真的很無助。

因為，如果是騎車，可以踩剎車，可以轉龍頭；如果是坐著滑雪盆，可以手腳並用或讓身體側摔，一切都會在自己的控制下緩慢靜止。

但站著滑雪，已經在往山下失速暴衝了，該怎麼跌？或堅持不跌？但又該怎麼停止？真的會很恐慌，很惱人。

前幾次摔得亂七八糟。

最後一次，我克服了跌倒的欲望，那是一場血淚交織的抵抗：抵抗我的心魔、抵抗我的軟弱、抵抗我對未知的恐懼。

因為人體「自以為」的「聰明自救機制」，在快速往下衝時，會害怕得往後傾，雙腿微彎，屁股惰性地往後坐。孰不知，就力學上來說，這樣是會失去對雪橇的控制力的。

若要讓雪橇加速但在掌控範圍內，那身體就得往前傾。

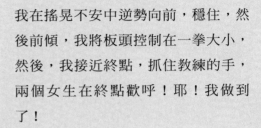

中國人說，知易行難！我知道這個道理，但要眼看著下坡一直在加速，眼看前方的人群越來越近，還要把自己的腦袋及上半身向前傾，需要相‧當‧大‧的勇氣。

在Hilton的綠線，女教練羽薇在我身後跟著我滑。她要我先丟掉雪杖，以免不穩時亂揮反而會影響重心。

然後，她在我身後邊滑邊叮嚀，用一種保護我又不干涉我的距離，希望我獨立、又怕我受傷。

一段下坡較急的雪道，我感受到雪板下的雪嘎吱作響，有時候，板頭是懸空的、底下的雪是高低不平的，一個小彎，我有點害怕地彎了雙膝，快要不行了，我要假摔，我要停止這一切，身後卻傳來：「打直！打直！別坐下！往前傾、往前傾！」羽薇不是大嗓門，但聲音和命令十分堅定，那種堅定鼓舞了我，於是，恁祖媽跟它拚了！

我在搖晃不安中逆勢向前，穩住，然後前傾，我將板頭控制在一拳大小，然後，我接近終點，抓住教練的手，兩個女生在終點歡呼！耶！我做到了！

我做到了！

在那個欲摔未摔的關口，我堅持了下來，做出那個本來不敢的前傾動作！

我開始滑雪了！

這跟之前在Hirafu和John一起滑下來時不一樣！那次雖然我大哭了，感動於自己第一次坐纜車滑下雪道，但那時我的姿勢不對，屁股歪扭、重心不會抓，所以應該只是靠下坡的力量滑動，全身僵硬沒幫上一點忙！但這次，我已經知道控制重心，懂得哪裡要放鬆，哪裡要緊繃，總算入門了！

如果你問我，向山下狂衝時，我的腦袋裡在想些什麼，我只能說，想著兩件事：

1　空白，很大的一片空白，沒有死
　前畫面，就是一大片空白！

2　停下來，我要如何停下來！
　（崩潰中……）

慢慢地，我也好像能夠體會那些熱愛
極限運動的人是如何感受的。當你能
從絕命關頭硬把自己拉回來，而這拉
回來不是因為運氣，是因為你的決心
和技術時，你會由衷地欽佩自己，信
心和勇氣都會瞬間破表的！

好像突然間，自己是從小被訓練成殺
手的Nikita，或是《復仇者聯盟》的
黑寡婦，射出飛鏢，兩個漂亮的前滾
翻，踹倒壞人，蹲低，掃射，瀟灑地
完成任務！

當然，它的刺激之處也在於，上一次
的信心滿滿，不見得能減少你的恐
懼。再度坐纜車上山時，還是多少都
會有一些敬畏、害怕。敬畏於大自然
的無常，害怕墜落的失足。

於是，白天大把地緊繃，夜晚盡情地
放鬆；夜裡酣睡，日間暴衝。

其實我還是有點懼怕滑雪的。更別
說常在雪場聽到救護車的「喔——
咿——喔」，或是目睹雪地上的紅十
字人員，用擔架抬走傷客……

克服恐懼的方法，
只有學習，和不斷地練習。

來！再來！

尼采說：「人是世界上最勇敢的動物，因為人最習慣痛苦，甚至會自己尋找痛苦，前提是這個痛苦要有意義。」

一九七七年，心理學家班度拉發表論文〈自我效能：探索行為改變的綜合理論〉。他找出「達成目標」與「未能達成目標的人」之間的關鍵差異，在於成功的人相信自己可以完成目標。

班度拉認為：「對自己的能力高度有信心的人，把困難的任務視為必須征服的挑戰，而不是能躲就躲的威脅！」換句話說，如果你全心全意相信自己做得到，你更可能做得到！（注）

黛玉終於為自己日復一日自殺式行為（一般人稱之為滑雪）找到一個原因、一個理由、一個堅持下去的意義。

大膽突破原來不只是口號，雖然它做起來這麼驚險、這麼令人害怕，但如果這些原來箝制住你的、束縛住你的，你都能甩開它。那麼，你能做到的事將會越來越多，越來越精采！

注：摘錄自《跟 TED 學說故事，感動全世界：好故事是你最強大的人生資產》

Chapter 7

驚驚教主
之驚天第二摔

二〇一六年，
我又站上了雪地。

第一趟，我們全家去了白馬，由於那兒的綠線堪稱「保護級」，所以我安然度過。

第二趟，去了新雪谷。

人的成長是件很奇妙的事。當我舊地重遊，回到我曾摔到頭的新雪谷HANAZONO，不禁啞然失笑，原來，那對我來說曾是「極危險的陡坡」，第二年看來竟像幼兒嬉戲的小緩坡。

而Hirafu family，當時我滑下一半時還停下來哭泣，那種認為自我超越、突破險境的困難，如今在眼裡，都有點簡單到可笑。於是，我大膽地再向其他雪場挑戰。

這次，我去了Annupuri。這個雪場在新雪谷算是相當有規模。雪道又大又寬，綠線也有些許小挑戰。

當我和教練坐上纜車再滑下來兩趟後，信心大增，覺得自己比去年更上一層樓，卻不知，下一趟危險已隱然飄至。所謂「初學者之驚驚教主」，就是無處不驚嚇，無事不驚險。

我怕高，所以坐纜車有點顫抖，只能盡量聊天或看遠方；我怕摔，所以視陡坡為洪水猛獸；我怕人，怕雪道上的初學者我無法閃避，也怕碰到高竿的滑雪者從我身邊「咻」一聲地滑過；我怕樹，因為聽說過太多意外；我怕烏鴉，當又黑又大又肥的日本烏鴉展翅從頭上飛過還配上「啊！啊！」的叫聲時，我覺得牠應該看到了什麼不祥的徵兆；我怕美麗的山谷，萬一我剎不住怎麼辦；我怕纜車到站時，萬一沒站好該怎麼辦；我怕速度，只要一快，我就止不住地想往後仰；我怕雪板和雪磨出的嘎吱聲，很像保麗龍互相擠壓的噁心聲音；我怕雪地上的凸起和凹陷，因為它會讓我上下跳動……

在Annupuri的第三趟，就是因為其中一位教練停在雪道上替我錄影，我一轉彎就看到他突然出現在我眼前，於是失速猛跌。

跌得一支雪板都飛出去了。

其實，我一點都不怪那位教練。都是因為我太怕，還有，初學者的大忌——戴上護目鏡後教主只看得見眼前、只顧腳下，而忘了左顧右盼、前瞻後仰。

所以，當我一轉彎，那是一個「赫然」出現、停在雪道上的人，我就驚驚，然後GG惹。

development of the Spademan binding. By the early 1950s, several safety bindings were on the market that allowed the ski to come off when the ski twisted to the side. This helped reduce the incidence of spiral fractures.

CHAPTER.7   PART.1

Boots
Main article: Ski boot § Alpine
Originally boots were cut low, just over the ankle, and soft laterally, both of which limited the amount of sideways rotating force that could be applied. Around 1966, two new ski boots made of plastic came to market. Compared to leather designs, the Rosemount and Lange boots dramatically increased the amount of lateral stiffness, and in turn, the amount of edging control over the ski. Additionally, the plastic did not change shape over time or when it got wet. This allowed the bindings to be much more closely matched to the fit of the boot, and offer dramatically improved performance.

Helmets
Main article: Ski helmet
Use of helmets in skiing was rare until about 2000, but by about 2010 a majority of skiers and snowboarders in the US and Europe wore helmets.[2] Helmets are available in many styles, and typically consist of a hard plastic/resin shell with inner padding. Modern ski helmets may include many additional features such as vents,

假笑中···
為什麼
還不休息啊?!

Originally boots were cut low, just over the ankle, and soft laterally, both of which limited the amount of sideways rotating force that could be applied. Around 1966, two new ski boots made of plastic came to market. Compared to leather designs, the Rosemount and Lange boots dramatically increased the amount of lateral stiffness, and in turn, the amount of edging control over the ski. Additionally, the plastic did not change shape over time or when it got wet. This allowed the bindings to be much more closely matched to the fit of the boot, and offer dramatically improved performance.

Helmets
Main article: Ski helmet
Use of helmets in skiing was rare until about 2000, but by about 2010 a majority of skiers and snowboarders in the US and Europe wore helmets.[2] Helmets are available in many styles, and typically consist of a hard plastic/resin shell with inner padding. Modern ski helmets may include many additional features such as vents, earmuffs, headphones, goggle mounts, and camera mounts.

Bindings
Main article: Ski binding § Alpine
During the 1930s, the Kandahar binding was introduced, which could be locked down at the heel for the downhill portions. The Kandahar remained in widespread use until the 1960s. As more skiers took up the sport, especially in the 1950s, broken legs became common. Dr. Richard Spademan saw 150 spiral fractures pass through his emergency department near Squaw Valley in three days, an event that led to the development of the Spademan binding. By the early 1950s, several safety bindings were on the market that allowed the ski to come off when the ski twisted to the side. This helped reduce the incidence of spiral fractures.

因為教練有記錄下來，所以我清楚地看見自己對著教練的鏡頭「啊」一聲大叫，然後急轉彎，人往後仰，飛向空中，屁股著地！

人要跌倒時，很像一些YouTube上攝影師被野生動物攻擊的畫面，一陣亂七八糟不知天在哪地在哪，然後摔下、靜止。那個瞬間，腦子是空白的。平常學的要怎麼跌倒都沒用。

防摔褲或許吸收了一些力道，但我只意識到痛！痛得要命！

接下來的常識請你注意。

如果你跌坐在雪道中央，請盡快移至旁邊，因為後續不斷出現的滑雪者，也極有可能往你身上撞。

滑ski的朋友，如果你摔倒的地方是個斜坡，將會使你再度穿上雪板的困難度大大提高。首先，你得站起來，這需要極大的核心力、腿力——就算有人拉你！

我每次站起來時，都想起看Madonna的演唱會，五十七歲的她是如何穿著高跟鞋又唱又跳，然後起立蹲下、蹲下起立，爬上斜舞台，爬上鋼琴……

核心！
滑雪前就要練核心！

深蹲！深蹲！再深蹲！

站起來後，你得先穿上「山下腳」的那支雪板，再穿上「山上腳」。當然，最好有人能替你擋住雪板。不然，往下的引力會讓你數度打滑。

我帶著尾椎的劇烈疼痛，重新穿好裝備，滑完剩下一半的路，然後，坐在餐廳裡休息。

我可以走路，所以應該不太嚴重。

但我上下樓梯，或坐著要往左或往右拿東西便有困難。一個不小心，就有頭皮發麻的劇痛。

帶著新痛楚，我和教練各自點了一大杯梅酒沙瓦和Highball，悠閒地坐在餐廳裡望著廣大的雪場啜飲聊天。突然，教練發現了一個他「引頸期盼」的景象。

有四、五個人圍著一個ski新手嘻嘻哈哈，而那群人居然連基本的防水雪靴都沒穿，只穿著百貨公司裡賣的那種毛毛雪靴，還背著包包，拿著外套，企圖扶著那位搖搖欲墜的新手。

「啊！應該是來自熱帶國家的人！」我的教練喃喃自語。「很危險哪……」他一副很怕他們受傷，又希望看到他們受傷的樣子。

當你了解裝備完全的重要性時，就知道它不只是對雪場的尊重，也是對個人身體安全的保障，你就不敢這樣亂搞了。

說時遲那時快,眼前有另一幅景象讓嘈雜的餐廳頓時靜默。

一個三位救護員為一組的小隊通過大家眼前。中間的那位推著一個擔架,左右各有一位護衛。中間的擔架想必躺著傷者。

「想必」的意思是,那個擔架上的大塑膠袋是拉上拉鏈的,一點點縫都沒打開,所以根本看不到裡面的人。可

能是要為傷者保暖。

看到這一幕,再加上自己剛才的傷,真的不得不尊重大自然,不得不敬畏速度。對於滑雪的學習,真是步步驚心、處處危機啊。

過了一天,剛巧碰到有台灣的骨科醫生來滑雪,觸診後確定是肌肉拉傷、挫傷,只要冰敷、吃消炎藥,靜養即可,才算是讓我和家人安了心。

看起來
很害怕

看起來
很屌!

フト㉑は
です
ﾘﾌﾄ㉒を

Chapter 8

Cortina 的假綠線驚魂記

第一趟的白馬栂池之滑，給了我無比的勇氣和自信，我以為，只要坡度不險，自己都還能駕馭。

而住在Cortina時，房間面對雪道。

左手那道明顯是紅線，每天目睹各家高手快速下滑剷雪，我立刻知道，那不是我該闖的禁地。至於右邊那道，怎麼看都是又平又穩的康莊大道，道中央還有一棵樹。

而在纜車登車處，多為學校團體，還是怎麼看都像是條友善的綠線

（地圖上也標示它是初學等級的綠線），於是，在要離去的那天早上，我突然宣布，不需要教練的陪伴，我要自己上去滑雪！

還好，我親愛的家人們陪著我坐纜車上去，一出纜車，小孩們就自顧自地一路往下滑去。

而我，瞬間就後悔了！前段的陡坡，讓我自殺是綽綽有餘了。

我試圖剎車，停留在雪道上片刻都好，因為我的腳又開始抽筋、不聽使喚！我弓著背，整個人重心都在不願往前的屁股上。

我望見遠方有一排日本高校生，站得斜斜地聽老師教導，我想滑向他們跟他們一起下山，但我不知道日語的「Help」怎麼說，我驚訝於他們習慣這樣的坡度，明明站在同一個雪道，我們卻像處在不同的宇宙，那裡平和安靜，這裡卻急速毀滅。

我試圖用八字剎車一路滑下山，但雙腳的腳掌抽筋急痛，在我滑行一公尺之後，我動不了，而且，我嚇得跌倒了。

我親愛的老公眼見孩子滑下山、老婆卻還卡在前半段，急得想追孩子又不敢放棄老婆。他見我跌倒，立刻衝上來救我——

但是，朋友啊，在一個極陡的斜坡上是很難扶起一個雙腳虛弱又穿著雪板的人——我們狼狽極了！他拚命地從我身後將我抱起，我們跌了好幾次，終於，我又站起來了！

我歇斯底里地大喊：「不要靠近我！」但在害怕的同時，心裡卻有一個瘋狂的念頭油然而生——我大可以脫掉雪板一路走下山，但我偏要試試，我要滑下山！我可能不是戰場上最會作戰的兵，但絕對是萬箭穿心還在往前衝的愚勇之夫！於是老公像衛星一樣，保持著一小段距離在我前方。

我一邊大喘氣，一邊居然透過護目鏡的深色鏡片看見我偌大的汗珠成串成串地流下！而我平常是不太流汗的人。世界只剩下大聲的心跳、如雨的揮汗，和大口大口的喘息聲。奇異的是，雪道上竟出現了一位老外，他快速地滑到我身邊，停下，看著我。

或許他在等我開口，開口求救。

我們互相凝視了幾秒，我沉默，還是想自己下山。那個老外頓了一下，逕自滑走。倒是忘了說句謝謝。經過了一番折騰，我漸漸滑行到那段有大樹的平坡，我對衛星大喊：「我可以了！」然後衛星急奔向前方找孩子，我則是享受著驚嚇後的放鬆，彷彿劫後重生地乘著涼風徐徐，全身肌肉這才意識到痠痛不已。

衝回終點，我頭也不回地爬回房間，脫下所有厚重的防衛，回到人間。我聞到自己的汗臭味，才發現內層已濕透。

接下來的兩個小時，我情願躺在床上玩手機，一刻也不願回到雪地裡。日後，當我與白馬的其他教練聊到這段經驗，他們異口同聲地說：「是啊！Cortina的綠線是假綠！」

假綠？

「就是它雖然標示是綠線，但實際上卻暗藏一小段紅線的難度，
一出纜車就是啊！」……後來才知道，不只Cortina，像是Niseko的
Hana zono綠線、Niseko Hilton的左側綠線，都是這樣的假綠。

……
我的滑雪路，為何如此艱難？

看來，白馬的栂池，將是我唯一的棲身之地。

假綠？！ＸＸＸ！

Chapter 9

祕境探險

雪景既然這麼美，當然有很多種玩賞方式。

有次在一家人怒滑幾天後，我的老骨頭開始顫抖，王教練也很賤地說：「有風嗎？怎麼衣服在抖？」剛好兩個小朋友也累呆，於是便向滑雪瘋子李先生建議，不如開車去探險？李董一看這老弱婦孺確實體力透支，便同意休滑一天。

對於北海道一點都不熟悉的我們，因為團結力量大，絲毫不怕迷路，在飯店抓了幾張DM，下載了一些App，便靠著衛星導航上路了。

途中，我們先去了新雪谷的一家咖啡廳（注），因為其中的服務生是來自台灣的留學生，前晚到我臉書粉絲頁邀請，所以一家子便殺進去吃了頓可口的可頌早餐。後來才發現，新雪谷有很多大陸及台灣留學生，中文萬里通！

上路前，我去便利商店買了些飯糰和飲料，做好野餐的準備。

第一個要去的點，便是帶孩子去昭和新山餵熊。雖然去過的朋友說不遠，但旅人對於未知的旅程，總是興奮又緊張，總覺得特別久、路也特別長。

注：在 secomart 對面的 Monty，咖啡、三明治和可頌都值得一嚐。

沒有去札幌、沒有去小樽。避開了觀光客、避開了遊覽車,我們一家人,在北海道的山裡,靜靜地旅行。大多數的時候,舉目四望,前不見居民、後不見來者,整條公路上,只有我們的一部小車,噗噗地往前。

突然,衛星導航的山路中斷了,也不用擔心,因為本宮絕佳的方向感和老李絕妙的駕駛技術,當然,還有日本超無敵的導航系統(日本真的太方便,基本上,你只需要輸入想去地方的電話號碼,或是Map code,都能順利抵達。)於是,天地之大,山川之險,我們都敢去。

到了昭和新山，畢竟是觀光區，還是有少許觀光客，當然，身為愛買一族的我，必不會放過與馬油有關的一切。還有，蔬菜水果。

不管到了哪裡，我總是喜歡逛逛當地的市場、超市，或是蔬菜商店。好像一把把的翠綠、一顆顆的妖紫嫣紅，才能帶領我進入當地的水土，嚐一口青翠，才能穩穩地融入當地的氣氛。於是，我又抓了兩包柑橘與草莓。

往熊公園去，十來隻大熊見人來，早已學會打拱作揖的把戲，一次次的拜託，便換來一口口的餅乾，因為小孩愛上這種我丟你接的遊戲，我們花了幾千日幣在買餅乾上……

出了熊公園，向禮品店員問道，你們這兒一級棒的溫泉在哪兒？幾位店員互看了一眼，便給了我們一個電話號碼，於是我們輸入導航後，開心地前往。

因為那個熊公園在洞爺湖附近，而環繞著洞爺湖又有許多大飯店，於是我們就以為，這個電話號碼會帶領我們去某個飯店。

導航帶著我們開往一條環湖的小徑。左邊是當地民宅，右手邊便是湖。一路悠閒，卻越往深處越安靜。

漸漸地，大飯店不見了，民宅也越來越稀少。

在我們正打算要踢爛衛星導航時，突然，它帶我們彎上一個小山坡，經過一些居民的菜園，然後，我們看見了一幢建築物，只有一層樓。外觀看起來極其普通，這裡，究竟是哪兒呢？

停好車，我們半猶豫半試探地走向大門，門一開，一位阿伯坐在看似售票亭的窗口，聽見我們不是講日語，便用手指了指旁邊的一部機器，往前一看，原來跟吃拉麵一樣，要先買票，而票價居然是——大人420元、小孩200元，日幣！哇！令人心動的價格！

再往裡一看，有個好大的客廳，鋪上了榻榻米，有三兩老者或坐或臥，或讀報或看電視。

順著指示往裡走去，看見了清潔無比的男女湯，除了有兩位阿孃已泡好在外閒聊，基本裡面沒人，算是李家包場。

後來我們想想，此處應該是洞爺湖的居民活動中心，那些老爺爺老奶奶似乎也很驚訝有觀光客找上這兒泡湯。

昭和新山熊牧場
SHOWA-SHINZAN KUMA BOKUJO
KING
OF
HOKKAIDO

這裡不但悠靜，落地窗外便是洞爺湖，景色絕佳。盥洗用具也十分整潔，真有一種走進桃花源的感覺。

泡完後，我們一家人又充分利用那個大客廳，本宮拿出預藏的飯糰和草莓，不出台幣一千元，又泡湯又享受美食，真是會持家的好主婦！

過午，我們繼續趕路。

因為新雪谷聯合了二十幾家溫泉業者共同印了一份溫泉地圖，老李又見嬌妻和兩小如此欣喜於溫泉探祕，於是就要本宮出題，下一站要去哪？

ALPINE SKIING

Skiing　Alpine skiing is more dangerous and
so more exciting.

對本宮來說，這北海道難得一來，當然要去那個地點最遠，照片看起來最原始、最美的那個溫泉囉！於是，接過懿旨的老李，就又勇敢地向未知出發。

順帶一提的是，當天上午天氣晴，地上暫無落雪，於是交通還算順利。但午後我們折返時，天就漸漸變了。待返回新雪谷，已是午後四時，剛要往山頂開，就發現有點山雨欲來的詭譎，路牌指示燈更是顯示「危險！注意雪崩！」都已來到山腳下，李家決定以超速上山。

沿途看到不少白煙，以為是山嵐，待仔細一瞧，才發現是起風了，大風將積雪吹起形成了雪霧。上山不過幾公里，我們便抵達了那個夢幻的祕境——五色溫泉。

整棟木屋已被厚厚的積雪覆蓋，露出來的屋簷，反而像是厚厚奶油層夾住的巧克力，只有那門楣，還證明這建築物的存在。

我們興沖沖地下車，踏入屋內，卻收斂起腳步。因為，此刻的死寂，和內部木地板的老舊，搭上昏暗的燈光，真心讓人覺得恐怖。

「死依媽ㄙㄟˋ！」我努力大聲地向裡面打招呼，空盪盪地，沒有人回應。

此時若是飄出一個穿和服的女鬼，手裡拿著半尾她嚼剩的生魚，我也不會太驚訝。

再用力大吼一聲：「死依媽ㄙㄟˋ！」突然，一個臉色蒼白的年輕人出現了，又用手指了指一部機器，示意我們要泡湯先買票，然後又飄進他的辦公室。

票價一樣便宜（事實上，如果你照著溫泉地圖泡，連泡三家只需2100日幣），但此處風情明顯與洞爺湖畔的明媚大異其趣。這裡的通道幽暗，木造地板和隔間長年受濕，味道挺古老，再加上觀光客不易到達，基本又是李家包全場。

DM圖片上應該是秋天，戶外湯的盡頭是滿眼楓紅秋黃，但我們抵達已是隆冬，湯的盡頭全是白雪，甚至戶外屋簷上已積厚雪，還拉上了一條警戒線，警告泡湯客隨時有崩雪的可能。我們一家隔著一排竹子互相狂叫，享受這天然奇景，和熱得夠勁的泉水。

此處因積雪難測不得接近，倒是讓我懷念起幾年前曾經去過伊香保飯店的溫泉。

那戶外湯屋布置了錯落的大石在樹林間，赤裸裸的荳姊看起來就像孫悟空的麾下，三步併作兩步便跳上大石，用手挖雪，然後丟進溫泉，玩得不亦樂乎。

事實上，在留壽都，或新雪谷，都有飯店溫泉設施，如果不想開車去找，也可以就近享用。在新雪谷的希爾頓（Hilton）飯店，也有景緻過人的戶外湯。

那女湯是經由一向下階梯到達，溫泉池面對的先是一畦
地塘，再是一片樹林。池塘裡有游魚，樹林間有飛鳥，
飯店還襯以世界心靈音樂，很是紓壓。

女兒很喜歡跟我在浴池東摸西蹭，一下泡39℃，一下泡
42℃，或相互潑冰水，最後，再用化妝水一起敷臉，真
是難忘的母女私密時光。

那天從五色溫泉下山後，
開始颳大風雪，風雲變色。

當我們安然走進一家烤肉店時，老李正奮力地刷
擋風玻璃，我一度懷疑他消失在風雪中⋯⋯

後來隔天台灣的記者打電話給我，訪問全家的旅
程故事，才告訴我：「昨天北海道大風雪對不
對？大到聽說浩角翔起都中斷行程了！」聽完，
更尊敬那個在暴風雪中照顧車子，也照顧我們的
偉大的一家之主老李。

在新雪谷的一些民宿，若是沒有湯屋，步行一會
兒，附近應該都有銅板價位的湯屋。只是規模或
新舊的不同而已。

就算沒有景色可看，每個湯屋都有不同的樂趣。像是新雪谷The Vale飯店，溫泉雖小，但因緊鄰雪場，邊泡邊可聽見滑雪的歡樂聲，而它的木片百葉窗，角度巧妙地剛好可以飄入細雪。

另外，不知是否因為檜木的緣故，湯屋裡會有些許瓢蟲點綴，和孩子邊泡湯邊撈小瓢蟲，平添一番樂趣。

從不同的溫泉景觀設計，可見日本人的美感和生活情趣。

一小方天地，便是一幅圖畫。

而圖畫中，雖用人工方式，卻保留了自然的原始景緻，再忙再累的一天，也足以湯水忘憂。

我就曾在Hilton遇見一位老婆婆，她好奇地與我攀談，我用幾句破日語和她比手畫腳，才知道她住札幌，一個人坐巴士來泡湯，還有，她掩嘴偷笑：「來吃好吃的東西！」如此懂得生活，想是她長壽的祕訣吧！

Chapter 10

另一種
賞雪的方式

運動了一整天，吃飽喝足也泡完湯，
接下來，便是回到住處好好休息。

在新雪谷，我們選擇ski-in、ski-out的旅店，因為就在雪道旁，可以
避免不必要的交通。

每次一進屋，整個身體都暖了起來。因為處在雪國的日本人，室內
都有不錯的暖氣設備，浴室甚至有電熱毛巾架，再濕的外套、鞋、
襪，一進屋半天內就全乾了。

就寢前，我會把家人叫到窗邊賞雪。雪花會因風勢有不同的飛舞。

一次在Hirafu窗前，雪場雪客已散，但雪場大燈未關，當時無風，細
雪像巨人慢動作撒鹽，緩緩地，均勻地撒落，我把室內燈全關，配
上Sting的〈Fragile〉，然後錄下來，傳給我的姊妹們，告訴她們：
「I wish you were here.」大家都讚，好美，好美的落雪。

又一天清晨，自己早起，發現房間側邊兩棟建築物間的窄巷，因風亂而讓雪花時而順吹，時而逆飛，那時我配的歌是王菲的〈雪中蓮〉，再一路尋至原唱鄧麗君，也只有這兩位神一般的清麗唱腔，能與飛雪並提。

雪一來，詩興便起，想起了過去曾讀過《世說新語》中，東晉宰相謝安一家人賞雪，謝安的姪子說：「撒鹽空中差可擬。（我剛剛也用過這比喻……）」但姪女謝道韞則神回覆：「未若柳絮因風起！」

啊！境界啊！

SKI-IN
SKI-OUT

Chapter 11

孩子的嬉雪

雪，似乎是
孩子天生的玩伴。

孩子們常在上滑雪課時，因為飄雪而分心。當本宮正在奮力站起時，只見他們居然慵懶地躺在雪地上，欣賞飄雪。

當本宮在雪道不斷因速度迸發大量負面思想時，卻一眼瞥見他們坐在雪道最側邊堆雪人。

就算滑完雪要步行去吃飯，他們也可以去掃路邊停車引擎蓋上的雪，或是在上面寫字，往往一段才幾百公尺的路，走了快半小時。

其實，北海道挺適合全家旅行的。

留壽都的飯店區三棟相連，其中有一些扭蛋機、旋轉木馬、禮品商店，還有溫水人工造浪游泳池、滑水道，玩個五天四夜沒問題。

而新雪谷除了有幾座大型滑雪場，餐廳、商店滿街都是，適合小孩的玩樂則在城鎮的周邊。

一次，我們家和任賢齊家一起去蓋冰屋，igloo。還好行前有朋友「警告」我們：「如果老闆問你要蓋大冰屋還是小冰屋，你一定要選小的！」

業者會開九人巴士到你住的地方接你，離Hirafu family雪道大約二十分鐘車程，我們就到了一棟小木屋。

屋外，是廣大的雪平原，上面有一、兩棟冰屋，igloo，愛斯基摩人用以抵禦酷寒、就地取材的冰磚屋。

做法很簡單，就是不斷剷雪進一個長方塑膠盒，然後再跳上去、用力踩壓，壓實了以後，再倒出一塊冰磚，冰磚間隔堆砌，就可堆起一個半圓形冰屋。

我們沒忘記朋友的叮嚀，於是選做小的冰屋。誰知精力旺盛的荳姊，堅持要蓋大的，然後就一個人跑到旁邊蓋起她自己的透天厝。

才舉起鏟子一挖進雪地，就明白為什麼只要蓋小棟的就好。因為，冰雪是有重量的！倒進盒子容易，踏實它容易，但當它被翻轉過來，開口朝下，要拿起一塊沉甸甸的冰磚，就要靠腰力了。

我試了試重量，嗯，我很確定我做不到！於是，我偷懶地只負責製造冰磚，而不負責移動它，這麼粗重的活，當然就交給兩位帥氣的爸爸囉！

底座圍個半圓，至少需要十塊冰磚，再往上堆，加起來也需要個三十來塊。一群人同心協力，在雪地上吐著大量的白煙，心肺功能已達到極限，眾人哀鴻遍野，紛紛抱怨為什麼要來蓋冰屋……

而一旁的倔強姊，居然靠她和小朋友的力量，築起了一道矮牆。

不知過了多久，我們的小igloo終於完成，老闆拿著鋸子，教我們鋸開一道門，叫我們坐進去。

曾經在Discovery看過，說是igloo能禦寒，它可以讓外面零下三、四十度的氣溫隔絕，進入屋內，便有零下十幾度的「溫暖」。

百聞不如一試

當老闆送上熱可可，我們人手一杯爬進igloo後——咦！真的好溫暖喔！到底是熱可可還是igloo擋住了風？應該都功不可沒吧！

最後，倔強姊放棄了她的大igloo，蓋了一座兩塊冰磚高的矮牆，跟我們打起雪戰，也算是物盡其用了。

其實去昭和新山看熊時，我們就發現日本人在一、二月，有已經舉辦了二十七屆的Sapporo Open雪合戰。

各隊分別有一位教練和九位選手（出賽者只有七位）。賽場上有可以藏身的雪壁。

比賽一回合有三分鐘，共計三回合，就是互丟雪球，剩下來沒被丟中的選手多，或是殺入敵營取得旗幟的隊伍贏得勝利。

不得不佩服日本人貫徹始終的精神，連丟雪球也能弄出個有模有樣的大賽。

蓋完冰屋，打了會兒雪仗，孩子們終於肯打道回府，兩位辛苦的爸爸也扶著腰，急急奔向溫泉的懷抱。

Chapter 12

是什麼讓我
不那麼愛新雪谷

江湖上傳言，滑雪當滑北海道，
因為那裡有全世界最鬆軟的粉雪。

況且，對不滑雪的旅伴來說，北海道的觀光發展讓你不愁
沒東西買、沒美食吃。但是，性格多變的我，卻在二〇
一六年，愛上了另一個地方——白馬。

主要的原因，應該是它對滑雪初學者的友善雪道，以及沒
那麼多觀光客的寧靜。

白馬的雪場其實多達九座，被譽為日本小瑞士，堪稱黑、紅、綠線一應俱全，可以滿足各種不同程度的滑雪者。

所謂「友善初學者」的原因，讓我舉個例子吧！新雪谷最友善的Hirafu family，綠線面寬大約十來公尺，長度大約七百五十公尺。

而白馬的栂池高原，綠線面寬有一千公尺寬。唐松滑雪坡／親之原滑雪場（からまつゲレンデ／親の原ゲレンデ），長度也大概是Hirafu family的三倍以上，所以，就算是我們在栂池碰到日本兩所高校生滑雪教學，在滑行時絲毫感覺不到身邊有人，拍照時也可以拍出全雪景中只有自己一人。

相對地，Hirafu family雪道上，只差一點，就像美食名店的排隊人潮，也像稍微不那麼景氣的年貨大街，時而有初學者從你身邊呼嘯而過，或是聽見大媽們「唉喲！好疼啊！」的哀嚎，要一邊練習基本動作又要一邊閃躲人群，真的很辛苦，也很驚險！

另外，初學者一定要注意雪道的陡度。Hirafu family大概有十七度，而白馬栂池，只有十度左右。

更何況，有的綠線（意指最簡單的雪道）其實是假綠——也就是說，它其中暗藏一小段具有紅線難度的「殺機」。像是新雪谷的另一個雪場HANAZONO就有一條綠線，其中包藏了一段很陡的紅線陡坡，嚇得我上去一次後，就再也不敢了！

而剛剛提到的栂池高原，還不是白馬當地最寬的雪場，旁邊有另外一個鐘鳴之丘雪場，面寬是親之原的兩倍，兩千公尺！這些資料，必須讓身為「初學者驚驚教主」的我來告訴你有多重要。又寬又平是初學者的保障，建議要有溫柔的開始，才不至於被嚇到再也不敢滑雪。

但是，新雪谷的餐廳、超商、雪具店之密集，是白馬比不上的。

話又說回來，這可以依每個人的需求安全感不同而自行選擇。請注意，我寫的是需求安全感，而不是真正的需求。很多都市人選擇居住地時，都會要求location。而這個location的定義就包括靠近捷運站和「叮咚」商店。

那麼，多近算近？多遠算遠？

去過大陸型國家的人都知道，台灣已經夠方便了——三步一「叮」，五步一「咚」。

我很多不愛走路的朋友說，樓下一定要有「小七」啊！不然，臨時想喝東西，吃宵夜怎麼辦？

喝水、多走路、不吃宵夜，其實是最好的。當然，我也沒那麼「清心寡欲」。但現在交通如此方便，下班時買兩、三罐飲料，或順手帶些方便食物，也能滿足小小口慾了。

事實是，想要的，永遠比需要的多。

而白馬便是在這方面小而美，能滿足實際所須的。那兒也有好吃的燒肉、拉麵、咖哩、和食。雖然數量可能只有新雪谷的十分之一，但平均價格和消費，也較新雪谷低大概百分之二十到三十左右。

白馬親之原滑雪場裡可以餵飽三個大人的咖里飯。

然後，滑雪客在意的雪況也是重點。

北海道當然是以粉雪著稱，但試問，被大量滑雪客壓過的粉雪，已經被壓得密密實實，除非你早上起來滑第一道雪，或是你有能力上黑線、上山頂滑較少人去的雪道，否則，粉雪也有可能變成如水泥地一般的硬塊。

而白馬，因為觀光客沒那麼多、那麼密集，相對地鬆雪機率也較大。我真正滑過第一次粉雪，反而是在白馬。

唉，說了這麼多實話，內心還是矛盾至極的，一方面也極度不希望太多人來「我的」白馬，讓它就像山裡的小姑娘，安安靜靜地保持著它的優雅……

所以，大家還是不要來好了！因為它的班機不多，而且都是小飛機、機場也很小，山區又不好玩……

Chapter 13

新雪谷 vs. 白馬

第一次看到新雪谷，有歐洲小鎮的風情，有集中在附近距離不遠的雪場，有多樣的餐廳、住宿，更有便捷的小巴士，堪稱完美的滑雪勝地，也難怪它極富盛名。

唯一要說缺點的話，便是它觀光客、滑雪客太多，即使在雪道上、在纜車排隊處，都時時有著摩肩接踵的擁擠人潮。記得一次過年前往，看到初學者雪道充滿了人潮，以為自己到了年貨大街。

NISEKO
舊稱「二世古」ニセコ　新雪谷

新雪谷的一切都是大器的。它的一切支援系統都較成熟——降落在新千歲大機場、有班次頻繁的大巴士接送，途經規模頗大的きのこ休息站（有一隻大恐龍站在路邊）。

鎮上有要價五位數的高檔飯店，也有較親民的各式公寓或小木屋，當然，房產最重要的「地點！地點！地點！」也在此體現，越接近雪道的住宿越貴！能讓你滑進滑出（ski-in、ski-out）的住宿，都不會太便宜，最好不要在旺季去。尤其現在新雪谷新落成的公寓式飯店，一晚要價可達台幣四、五萬，請自行斟酌口袋深度。

而第一次到白馬，則是體驗到了一點點原始和迷你。首先，飛到富山機場降落時，一出機門幾乎就下到海關閘口！比松山還小的富山機場，再出大廳走不到二百公尺，就是租車處。在我寫書的同時，還沒有太多大巴士去白馬。

而從富山去白馬的路上，「有磯海休息站」也是小而美，再往後的休息站就只剩自動販賣機了，所以，想備零食或熱食，請在有磯海搞定！

路上盡是山、海，和一座接一座的隧道。因為一路爬高，所以本來天上飄的雨，便在一座座隧道出口處變成霰、冰、雪，請你在路上好好準備些音樂，享受沿途風景和大氣的變化。

白馬當然有餐廳，但不及新雪谷密集。話說如果是為了滑雪，其實白馬的餐廳也堪用。

白馬較開闊，路也較大較平，再加上觀光客少，所以頗有寧靜鄉間的氣氛。

在北海道，有舉世聞名的粉雪。事實上，白馬也有。

北海道的粉雪我較無緣碰到，因為姊本身滑綠線，那雪道上的雪早已被無數前輩壓扁壓實，硬邦邦的。而白馬的雪場因為太多太大，所以，在綠線也可以滑到鬆鬆的粉雪。

另外，以消費來說，新雪谷當然偏高。

滑雪界有一個所謂的豬排咖哩指數，白馬五龍是¥1100～¥1300，新雪谷則是¥1700。一日的纜車票在白馬是大人¥4900、小孩¥2800；而在新雪谷則大概是大人¥6900、大小孩（13～15歲）¥5100、小小孩（7～12歲）¥4100。其他消費也可依此類推。

不過，在白馬遊玩需要有自駕能力，或是得團體包車，不然點與點之間是有些距離的。

怕黑的人，
也不適合去白馬。

新雪谷的夜晚，人聲鼎沸、燈火通明，街上充斥著英語、法語和廣東話，不但有餐廳有酒吧，還有骨科診所和運動按摩治療。

另外，還有俱知安Kutchan鎮上的大型超市──為了那超市裡的生魚片、毛蟹、大草莓，我曾經瘋狂地想多留幾天！

而白馬，白天風光明媚，大片休耕的稻田都有白皚皚的
雪山後靠。

但到了夜晚，則像是半停電的小鎮。

曾經在一個晚上，我和老公鑽來鑽去找餐廳，開往田梗
盡頭的柑仔店左轉後，還有一兩戶民宅亮著燈，再一個
右轉，我們便失去了城市的燈火。

沒有路燈。只有鑽不完的樹林和小木屋。黑暗中只有車燈所照之處方能辨物。若是突然林間有人,那氣氛便如厄夜叢林。

晃著晃著,經過了一間台灣朋友經營的「流星花園」後左轉,才又找著些許人氣。

我喜歡人煙稀少,喜歡不被打擾的鄉村風情。這可能與我幼時在山城苗栗成長有關(而好像我只要寫書,每一本裡都有苗栗的存在)。

一次在雜誌上看到演員吳秀波談及他的故鄉蘇州,他說他在園林裡一坐:「**我就突然明白了,自己雖然身處演藝圈,但骨子裡為何總有一份揮之不去的安靜,這就是故鄉蘇州賦予我的。**」

我在世界的每個角落找尋故鄉曾給我的安全感。

或是偶爾回苗栗，感受那份質樸和實在的生活感。

在峇里島，我聽到了兒時的蟲鳴鳥叫。山裡的畫家，將畫作放在林間、溪邊，讓我想起了也愛畫畫的外公。

而白馬的寧靜，讓我想起了兒時在田間的奔跑，和小小的店鋪帶來大大的滿足。

在紐約、巴黎、東京，藝術和時尚讓人目不暇給。那些失心瘋的採購和精采絕倫的設計、表演，的確填飽了對新知的渴求，但真正在心上烙印的，卻是白馬的一碗拉麵、雪地上不知名生物的足跡，還有和孩子在氤氳的溫泉中，細細洗滌的樂趣。

人和一座城市的情感，未必建立在踏過幾條街或是照過多少相片，而是在漫遊或旅行的過程中，找到靈魂能自在呼吸的某一個瞬間。

於是想起了自己是誰，從哪裡來，然後找到了一種安心的快樂。

奇妙的是，我們在生活中漸漸失去了平衡，然後在旅行中找回自己。

在最熟悉的地方迷失，卻在最陌生的國度回到原點。

白馬之夜，漆黑接近荒涼，但抬頭一望，卻有滿天星斗。空氣清新地彷彿肺裡吞了涼糖，大樹們聳入雲霄，夜裡的蟲子歌唱。在白馬，雪衣褲靴，便是最好的行囊。

Chapter 14

白馬之愛

白馬的商店密度雖不高，但處處有驚喜。對喜歡可愛小物的姊妹們來說，「Mon Pigeon」絕對是必定要造訪的一家店。

已經入春的三月底，這家店卻似乎仍舊自顧自地在過聖誕節。從入門口的擺飾，到店裡的聖誕歌曲，店主人固執地在自己的小世界留住了聖誕氣氛。

店裡有兩隻黃金獵犬和三隻貓，慵懶地酣睡著，Menu後還有牠們的名字和生日介紹，狗狗叫KouTa和Cinnamon，貓分別叫Honey、Bee和Sweet。

Mon pigeon

DOG：KouTa & Cinnamon
CAT：Honey & Bee & Sweet

冰櫃裡各種可愛迷人的蛋糕，似乎不受春雪已融、遊客漸稀的影響，燦爛地綻放著。手作的Menu每份各有不同，店主姊妹在細節處的浪漫，令人感動。

如果前來滑雪的同行者中有不想滑雪的人或受傷者，此處是可以待上一天的好地方。有蛋糕、有咖啡、有酒有茶，中午也有Pizza，還可以逗狗弄貓，甚是愜意。

度假的好處，對我來說，是找到一種被遺忘的生活節奏。

平常的日子裡，心裡惦著工作，眼裡看著孩子，腳下趕著行程，腦子裡計算著生活日常，很難有時間去細細品味一杯咖啡，或是一首好歌。

在白馬，我找到了當年發現峇里島烏布山上的悠靜，時光靜靜地淌流，全身全心都緩緩地、慢慢地放鬆，彷彿遁逃到世外桃源，無人知曉、無人探聽，雪掩蓋了蹤跡，斷了一切獵尋的念頭。

第二個地方，是一位阿嬤開的燒肉店「千山閣」。它是間韓式燒肉，口味不錯，價位中等，附近也有小七和超市，是白馬方便的好鄰居。店裡的牛、豬、雞肉都不俗，花了四十個小時燉熬的牛尾湯，更是一絕。

但就在「千山閣」幾百公尺外，另一家燒肉店「深山」，更是白馬鎮上難得一見需要訂位的餐廳。

待在白馬的最後一天，途經「深山」，教練們充滿惋惜地說：「可惜你們明天要離開，吃不到深山了⋯⋯」正當我提起晚上可以吃時，教練們頭更低了：「沒有預定吃不到啦⋯⋯」

當晚，正當我和老李四處亂轉找餐廳時，經過「深山」，不信邪的我登門一試，強調自己是台灣來的，想不到，櫃檯裡的掌櫃答應了，於是，帶著小幸運的雀躍心情，我們開心地坐下大吃！

「深山」是日式，「千山閣」是韓式。但「深山」也有韓式泡菜和拌飯、豆腐辣湯。所以日中有韓，韓中有日，各有千秋。「深山」的生菜沙拉用胡麻醬，「千山閣」用的是麻油。兩家的沙瓦都好喝。基本上有這兩家燒肉，白馬之夜便不用愁了。

Echo
land

Sounds Like Café

第三個地方是
Echo Land。

此區老外聚集，消費較高，但日式、美式、甚至中東的Kebab一應俱全，值得一遊。常常忍不住想，為什麼走到亞洲的任何地方，只要有西方人聚集之處，都是較悠閒的氣氛——或許真該學學老外的生活步調。

在一個早上，老公和我放棄了飯店早餐，自行Google到了一家Echo Land的「Sounds Like Café」，這兒的早餐雖然樣式不多，但幾位日本年輕老闆的親切服務、小木屋的鄉村風，和簡單好吃的吐司、班尼迪克蛋，都是不錯的招牌。

當然，因為是年輕人開的店，店中的電視播放的便是滑Snowboard的瘋狂跳台影片，滑屋簷、滑牆壁、滑扶手、滑雪鏟排成一列的把手頂端，看著看著，早餐便越吃越快，突然很想去滑雪，哈！

飛鳥

另外，要特別推薦的是白馬車站的一間二樓小Pub——「飛鳥」。它不只是一家小Pub，更是我們一次深夜裡的溫暖記憶。一回，因為開車到離白馬有兩個多小時遠的小佈施，去替滑雪教練跳台練習加油，回程又錯過餐廳正常營業時間，一行人四大四小飢腸轆轆，白馬過了九點又杳無人煙（這是個僻靜的鄉下地方），正愁沒東西吃時，車開到了較「熱鬧」的白馬車站，只剩下一、兩盞微光，那「飛鳥」兩個字便指引著我們。

因為它是個位居二樓的小酒吧，我就先上樓詢問可否讓孩子入內。櫃檯裡有二名年輕女孩，表示相當歡迎。原來，這裡雖可飲酒，也提供不少熱食。

只能說，我在日本吃過的拉麵中，屬這家最優。因為它沒有那麼鹹，而是濃淡適中，讓我在不知不覺中喝光了它的湯。

這兒不只有拉麵，還有小火鍋、炸物、毛豆……當然，跑過東京、北海道、大阪、京都的朋友，可能會對這家小店大失所望。但對我來說，less is more，我們的物質世界選擇何其多，誘惑何其大，但是人常常忘記，幸福的真諦是，弱水三千，只取一瓢飲。店內的音樂選得也不俗，音響設備也還行，孩子們在等拉麵時，甚至開心地跳起了舞。

千金難買的歲月靜好。

除了吃，白馬還有無數的溫泉。

如果是初嘗滑雪的朋友，建議可以去住大型的飯店，像是Cortina，房間數超多，適合學校機關團體。家庭房還有樓上樓下，樓下是二張單人床和衛浴設備，樓上是榻榻米通鋪，至少可入住四人。

像這樣的大型飯店，通常都有公共大浴場。浴場內有好幾池，有室內的溫泉湯、藥草湯、冰水池，另外，也有三溫暖烤箱。

喜歡泡湯的人，大部分都會以戶外湯屋作為評分的標準。

Cortina的戶外池正對雪場，不但可以近看雪道，伸手亦可觸及屋簷上的厚雪。

我和女兒荳荳最喜歡在大浴場裡東摸摸西摸摸。

因為大浴場裡的標準配備便是一人一板凳一臉盆，在自己的花灑前，還有各式的肥皂、去角質商品任君使用，在更衣區更有各種廠商提供的美容液、乳液、護髮產品。我們常常噴噴這個、擦擦那個，慢慢地享受母女歡樂時光。

另外，如果晚上有時間，也可以自己出去找路邊的湯屋。只要帶上一條毛巾，就可以泡上好湯。

在白馬，我們去過「八方美人湯」、「岩岳の湯」，和東急飯店、Cortina，各有巧妙不同。

不論溫泉的規模大小，幾乎在入口處都設有自動販賣機。對剛從熱呼呼的溫泉走出來的人們，通體紅得像番茄似的，此時來瓶冰涼的運動飲料或是當地產的牛奶，實在爽快！

媽呀！這苦旅何時能結束……

Chapter 15

告別雪季之行的
驚天發現

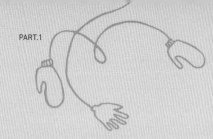

每年，我們家滑三次雪。

前兩次是全家四人都去，分別在一、二月。第三次，在已開學的三月，於是，我們夫婦倆決定，每年三月的這一趟，是我們倆的「自由行」，不帶孩子，去放鬆度個假，也算是對一年滑雪的告別關門之行。

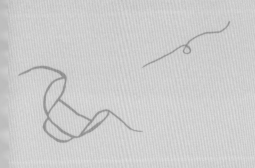

二〇一六的告別雪季之行，讓我赫然有兩大驚天發現。

其一是，我找到了我的腳不斷抽筋的原因。我的第一雙滑雪靴是自己在御茶之水買的。所謂「自己」，就是身邊並沒有專業的友人或老公指點，憑自己的感覺買的。

因為敝人的腳有諸多毛病：一是長期穿高跟鞋而造成的腳趾甲「凍甲」，二是走路姿勢不正確再加上長期穿高跟鞋而造成拇趾外翻。所以後來我買鞋的習慣都要大個一號左右——因為諸多疼痛而不想讓腳趾「碰壁」。所以，我自作聰明地選了整整大一號的雪靴，這樣，我的腳趾才不會疼痛。

要請各位放心的是，日本滑雪用具店幾乎都有專業店員指導，但碰上我的自作主張，店員當然不會知道，原來我的腳趾是可以在雪靴裡面「自由活動」的。

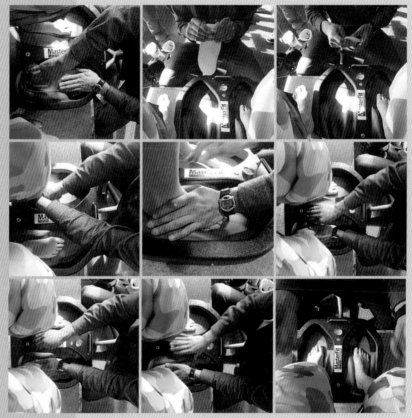

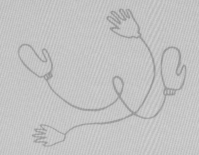

今年在白馬的最後一滑，因為又抽筋了，Perry教練便提議我去訂製一組專屬的鞋墊。

不要怪我奢華，實在是因為一家人有四分之三的人口，看到雪便雙眼發亮、躍躍欲試，所以，為娘的就算再軟弱、再害怕，也要隨著他們前往。還有，我不想變成滑雪者口中的「ski mom」！就是不滑雪而在一旁喝咖啡、顧包包的媽媽，所以當然需要買齊裝備，全副武裝。

既是「高級專人訂製鞋墊」，便有其專業的步驟。一脫鞋，師傅量完我的腳，他就嚇到了！我的腳不到二十三公分，師傅驚呼：「那為什麼你買二十四號的雪靴？！」

待我解釋後，圍觀的眾家教練齊齊搖頭：「難怪你會抽筋！」

原來，腳掌和腳趾會因為在靴裡活動範圍過大而失去控制力！所以就算我再怎麼努力地照著教練的指令做，也無法好好地控制雪靴和雪板。剎車也剎得不完全，轉彎也轉得不流暢，更別說想好好滑雪。

接著，師傅看了我的腳弓，他發現扁平足的我，腳弓扁平，完全沒拱起，也就是說，當我想用腳掌控制雪板時，力氣是不足的。

於是，我需要一個好！鞋！墊！

專業鞋墊的製造過程，便是用一個充氣幫浦將塑料針對個人腳型來塑型，於是，我有了一副能將我的足弓拱起的鞋墊。

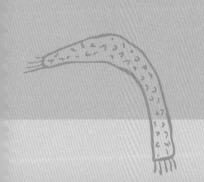

一副要價兩萬日幣。

滑雪真是所費不貲的運動啊！

鞋墊師傅接著還向我推銷加熱鞋墊，也就是利用電
池就能將鞋墊加熱而使腳趾不致於過分受凍而僵硬
——他一定看出來我是個不太會滑雪卻會一直買設
備的媽媽。

望著我那雙才滑過幾次的雪靴，只能興嘆、無言。

無緣啊。想來只好將它上網拍賣，繼續尋找我的下
一雙戰靴。

至於，第二個驚天大發現是什麼？

那就是，我和老公慘了！

慘敗！輸慘給臭小孩了！

Chapter 16

沒出息的父母

人生要斷、捨、離的課題很多，對為
人父母來說，就是在適當的時候能放
手讓孩子獨立、學會旁觀而不干涉。

當然，每對父母認為的「適當時機」
不同，所以有些爸媽會在孩子已經上
大學時還不讓他們自己切水果，「因
為怕他們割傷手啊！」

有些爸媽會陪著孩子去面試求職，
「因為他不知道應該開口要多少薪水
啊！」

有些爸媽會在兒子結婚後仍然照顧生
活起居，「因為媳婦煮不出我兒子想
吃的口味啊！」

既然父母自己還能動能跟，為什麼要
斷、捨、離？不是都說，在父母眼
中，孩子不管幾歲都是孩子嗎？

每個家庭的選擇，不容置喙。但在我
心中，仍然默默希望，給孩子最好的
禮物便是讓他們學會獨立。

所以，每年一次不帶孩子的夫婦二人
遊，便要排在雪季末的三月。

三月，孩子們已經開學，不帶他們，
他們也能理解。不帶孩子出遊，的確
少了許多心理負擔——不用擔心他們
餓了、渴了、無聊了、累了，或是著
涼了。也能直奔自己想逛的店、想看
的風景。

我承認我當然會想念孩子。想念他們
在車上一起唱歌、聊天，想念他們圓
圓的小屁屁，想念他們在雪道上帥氣
的樣子，想念睡前緊緊的大擁抱。

但當我下定決心把他們留在家裡時，
我就能假裝自己還是單身的樣子。

老公滑雪，我也滑。老公在山頂還沒
下來，我便和教練喝咖啡聊天。滑完
雪了，和教練們吃燒肉、喝燒酒，我
也能真正地開心。

但空氣中一直有股詭異的氛圍，瀰漫著，那股思念濃重的氣味，越到夜晚越嚴重。

身邊的那個人，除了滑雪時，其他時候總是心不在焉。駕車時聽到孩子們愛歌時，眼神落寞；吃飯時看著烤盤就紅了眼眶，迸出一句：「我想小孩。」泡溫泉時，我猜想他看著小木盆應該又想起他兒子圓滾滾的小屁屁。

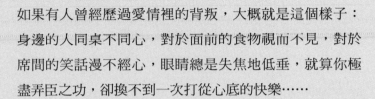

如果有人曾經歷過愛情裡的背叛，大概就是這個樣子：身邊的人同桌不同心，對於面前的食物視而不見，對於席間的笑話漫不經心，眼睛總是失焦地低垂，就算你極盡弄臣之功，卻換不到一次打從心底的快樂⋯⋯

因為，他的心裡，有別人。

好了，這第二個重大發現便是，我們是一對沒出息的父母，根本離不開孩子。（又或者是說，是那位老爸比較嚴重⋯⋯）

晚上照例和家裡通電話，孩子們七嘴八舌地講述著一天的發生，趁著開擴音，我喊了一句：「爸爸想你們想到快哭了呦！」那頭的荳姊也大喊：「弟弟也哭了！」天啊！剎時我只覺得自己是搶人家老公的第三者，隨即，荳姊補槍：「不過弟弟哭是因為他落枕！」哈哈哈哈⋯⋯

落花有意，流水無情啊！

第二晚和第三晚稍微好些，孩子們搶著舅媽的手機不斷傳簡訊給我們：「你們在哪裡？吃飯了嗎？你們吃什麼？燒肉？什麼肉？牛嗎？有豬嗎⋯⋯」一頓飯吃得忙得要死，又要夾肉又要打字，鉅細靡遺地回答彷彿一家人零時差地又串聯在一起。

這讓我想起了韓國電影《怪物》。

一家人為了救出被怪物叼走的小女孩，卯足了勁，卻在遍尋不著時，爺爺爸爸姑姑叔叔的一頓晚餐中，猶如鬼魂般出現的小女孩擠在眾人間，自在地抓起桌上的菜餚，大快朵頤。

一家人靜靜地分食著，好像一切都沒改變，一個成員都沒消失，但當然，小女孩失蹤了，這景象只是家人們最親暱的想念，最習慣的日常。

最後一天，家裡來電話了，說是小龍發燒了。客觀地來說，不是玩太high了，就是太累了，但就我們家爸爸來說，你知道的……

於是，爸爸乾淨俐落地將行李摔上車，說了一句：「我要回家看小孩了！」

而這個夫婦二人遊，只不過是四天三夜的小別。沒出息到了極點。

到底這對父母何時能真正放手？

讓我們繼續看下去……

第二部
雪
是天上
捎來的信

雪的世界

在愛情的地圖上
我們有遙遠的距離
像熱帶的人們　永遠不懂
下雪　的冬季

─────〈機場〉by幻眼＆薛岳

我在高中的時候追過薛岳和他的幻眼合唱團，這首〈機場〉更是他們當年名滿江湖的代表作。

這一段歌詞，在當時只是跟著唱，一直到三十年後，我滑雪，才知道熱帶的人們真的不懂雪的真實面目。因為滑雪，所以又有一個宇宙的門為我開啟。我開始對與雪有關的事有興趣。

上YouTube找各種滑野雪的瘋狂影片、找出川端康成的《雪國》來拜讀、看見堂場瞬一寫的《雪蟲》也有興趣。最極致的是，在翻閱文章中，找到了一個名字──中谷宇吉郎。

他生於一九○○～一九六二年，是人類史上第一位成功製造人造雪的

物理學家，後來任教於北海道大學。在二十世紀，日本小學生都聽過一句話：「雪是天上捎來的信。」這句話，就是中谷宇吉郎說的。

雪は天からの手紙。

日本人認為中谷是冰雪物理學的先鋒，北海道大學的「低溫研究所」因為他的帶領，才有如此出色的成就。

他在一九三六年三月開始製造人造雪，而他最早的散文集《冬之華》則是在一九三六年九月出版。他不但是個傑出的科學家，也是個暢銷散文家。

一九四一年，中谷因為雪的研究獲頒學士院獎，同年，北海道大學成立了「低溫科學研究所」。

另外，中谷曾製作〈雪之結晶〉等影片，對他而言，各種攝影、廣告拍攝，將「雪」影像化的工作，都是研究上不可或缺的一部分。好不容易，我透過在日本工作的友人買到了他的書，全日文，想是如此冷門又久遠的書，已乏人問津，更別說是翻譯成中文了……

不過，中谷先生本身是科學家，卻有文學家的浪漫，光憑這點，更讓我嚮往雪的奧祕。

雪是天上捎來的信。至於上天的信中寫了什麼？只有踏入雪地更深處，更接近雪，才能有更深的體會。

EDDIE THE EAGLE

《飛躍奇蹟》（Eddie the Eagle）是一部由英、美、德合拍的運動喜劇勵志片，會吸引我去看這部片的原因，除了休·傑克曼（金剛狼）之外，還有《金牌特務》的泰隆·艾格。但是，最主要的原因，當然是滑雪的題材！

滑雪、滑雪、跳台滑雪。

這部片改編自真人真事。講的是一個從小嚮往奧運的孩子，在青少年時期想加入國家滑雪隊，卻被英國奧委會屢屢阻擋，最後憑藉著自己瘋狂的意志力和打不退的戰鬥力，成功打進奧運。

雖然他的成績在世界選手中吊車尾，不過，卻創了一九八八年英國隊跳台滑雪的紀錄。

片尾不但看到他本人的舊照片，還看到奧運創辦人的話：「重點從來都不是結果，而是參與的過程。」坐在戲院裡的我，濕了眼眶，因為，它說出了我的狀態！如果不論速度快慢、不論姿勢標準與

否，我真的可以得到努力參與界的奧運金牌了。

（或許一般人有機會接觸到滑雪，但是滑雪跳台，厚，厚，
請讓我搖一下頭再跟你說話。）

電影中的Eddie先從十五公尺高的跳台練習，他第一次就成功了。

接下來挑戰四十公尺高。花了他一番功夫。

而七十公尺高，則是令人腿軟的境界，我認為這個高度的臨界威脅
感，已足以刷掉一大半的地球人。更別說電影最終的奧運跳台，
九十公尺高了。

這樣的跳台，我在真實生活中見過。就在白馬。

一九九八年，日本長野縣舉辦了冬季奧運會及殘奧會。在白馬的八
方尾根，就矗立著兩座高七十公尺和九十公尺的標準跳台，在那還
有一個奧林匹克紀念館。

那個標準跳台我看過，但只有遠遠看過。

白天，它看起來很高、很偉大，是一種遙不可及的概念；晚上，它
看起來沒那麼清楚，但沿著跳台兩側的照明設備，在黑夜中看著，
不像是從地面上架起了什麼，反倒像是外星人從太空來準備降落。

雖然那種高度不及一〇一，但它的存在卻比一〇一還要令人敬畏
——因為你知道，在那跳台的頂端，會有一位勇者鬆開他的雙手，
享受呼嘯刺骨的寒風，上半身前傾加速，一路重力加速度滑行，最
後飛騰至空中，還要拉長脖子往上頂，延長在空中飛的時間，最
後，安全落地。

而那跳台的高度，不但讓旁觀者膽戰心驚，更讓電影《飛躍奇蹟》
裡的教練休·傑克曼說：「上去之前，必須先訂製好自己的棺
材。」只要失誤一摔，難免粉身碎骨。

我越來越尊敬運動員。

人一興奮，就很難準確地控制肌肉的協調，更別說是在電光火石的
瞬間還要計算外在條件的影響，盡力拉高自己的成績，然後，還要
安全地落地、返回人間。

但人類的極限，往往就在瀕死邊緣不斷推進、不斷探索。有沒有人
計算過，人類文明的演進，到底犧牲了多少條性命？若不是相信著
極限之外的天空，勇者們恐將無以為繼。

我只知道，自己每次滑雪，都是抱著必死的決心。不論是大斜坡小
斜坡，對我來說，都是邪惡的陡坡。

每次滑行，當我想推進我的速度時，都有個幾秒鐘，面臨失速的恐
懼——雪板上下震盪、身體開始畏速地想向後傾，拿著雪仗的雙手
不安地亂晃——然後，我大聲地提醒自己，在雪場上邊滑邊對自己

大叫：「前傾、穩住。穩住！你可以的！剎車！剎車！」

最後，安然停下。

旁邊的選手或教練看我慢慢地滑行，卻不知道，我已天人交戰好幾回。

或許有人解釋我是為了愛家人、陪家人才這麼做，是，可能一開始是。但越滑到後來，我越明白，這是為了自己。

每段危險的滑行中，我更了解自己恐懼得有多深，越是害怕，我越是不服氣！

所以，有時候，我刻意加速；有時候，我挑戰了小轉彎；有時候跌倒了，痛入骨椎、痛徹心扉，痛到頭皮發麻、直冒冷汗，但休息之後，我還是不服氣！

雪地上一大堆十歲以下的小孩自在地滑行，他們行，我也可以的。

跌倒了，就再爬起來吧！

所以恐懼是
白色的？

不只是因為下雪的世界是白色的。現階段的我，認為恐懼是白色
的，是有原因的。

當速度產生風，風吹起飛雪，能見度降低，本來無盡無涯的前方更
加迷茫，看不見未來，是恐懼之一。

白色的雪堆，未必柔軟，腳下的積雪，也冰凍三尺。

白色的皎潔無瑕，不代表無害，尤其是當你曾相信的柔軟卻是如此
致命時，你才懂得抬起頭仰望白色。這是其二。

最後一點，我重申，
當失速時，腦袋真的是，
一・片・空・白……

以前認為恐懼是黑色，什麼鬼啊魂啊，都來自暗處。但現在想想，黑暗中就算有人勒住你，你還是著地的。在被白色包圍時，若是雲霧，便不知四方左右，甚至腳底為何，若是一片蒼茫，則不知往何處去，也不知什麼東西會從白茫茫裡蹦出。

白比黑更難測。因為白，它會偽裝。

要小心那無瑕的、看似單純的、毫無城府的。最慘烈的戰役前，總有最詭異的寧靜。

沒聽過在簷上的刺客說過嗎？「太靜了，不太對勁！」

在雪地裡，只要有一點風、有一些雪，萬物都被覆蓋遮掩，於是便失去了判斷的參照和線索。

你只能臣服，和小心翼翼。

小心翼翼地找出生路，因為一躺進雪的懷抱，就會睡進死亡裡。但它又召喚著你，好像危險情人的誘惑和逃離警告是同樣並存的。

雪覆蓋了尖銳、覆蓋了堅硬、覆蓋了傷害、覆蓋了死亡。只剩下你的猜測和想像。

曾經在長野的山頂趕上了一場暴風雪。

那日的氣象報告在電視上看來是那麼地無害——一個可愛的雪人，頭戴小帽，動畫做了些飄雪，溫度也不太低，零下六度左右，於是，教練便帶著我們兩家人，四大三小往山頂去。

這是一段可以坐Gondola的向上爬行。

朋友，一般Lift就是個骨架，人是暴露於外的，適合有太陽或不太冷的時候搭乘。

而在大雪斜飛，強風撲面時，建議還是找個有蓋子、有門的Gondola坐吧。

這段上山之路要坐將近半個小時。沿路大雪頻降，車內沒有暖氣，只有朋友間互吐的白煙。窗外的世界是由黑色和白色繪成的水墨風景畫。

到了山頂，發現裝備一定要穿戴得十分密實。手套、圍脖、護目鏡，外套拉鏈要拉到頂——因為風雪實在太大了。

瘋狂的是，能見度差不多一公尺的情形下，才發現山頂還是聚滿了滑雪客。當我站好雪板，拿穩雪杖後，教練說：「開始滑！」我站在原地，不確定聲音有沒有發抖地問她：「請問要往哪滑？」她說：「往前滑！」

可是，我什麼都看不到！
眼前看不到，腳下也看不到。

教練說，前面就是雪道。

於是，我像一位求道者，當你聽見了一個聲音說，向前滑，你便相信前面有路，於是你在那個聲音的指引下，有了信仰，有了相信的力量，於是，你便求到了人生的道。

但是，天曉得多少次我不過是因為後面滑雪客的推擠，或是身旁的孩子已滑出不見蹤影，我才敢往前。

那場山頂的暴風雪讓大家滑了兩小趟後便作罷。一行人前往餐廳，尋求短暫的庇護。

窗外的風雪越來越大，窗內的我們看著濕濕的手套在暖氣旁滴水，暗忖著該如何下山。

勇士們雀躍地要一路滑下山。婦孺們只好認命地往回走向纜車站，搭車下山。

誰知，要搭纜車前，必須走一段積雪甚厚的上坡路，而那個坡，接近九十度。

看了一眼那個大陡坡，我便有了攻略。

把孩子們交給教練，我只顧得了自己了。

丟下孩子，頭也不回！撐著雪杖，開始一步一步往上蹭。

基本上，腳一踩進雪地，小腿便被淹沒。

你想要提起另一腳，要費很大力氣。

還沒開始爬坡，腿已經爆痠。

然後，面對坡。爬一步，滑下兩步。

有一段時間，我不確定自己是否有在前進。

後面孩子的尖叫聲不斷，我只能狠心地繼續往前、往上；爬、滑
下；再爬、滑下；再爬。

可能花了有十幾分鐘，我終於看見車站。

立刻以光速奔進，勉強地拔下護目鏡，回頭一看，暴雪狠白地刷斷
了視線，什麼都沒有。

再往雪裡探，才發現有一個孩子已經賴在雪地，被教練抱起。

白，讓你只求自保，顧不得許多。

而這白伴隨來的低溫冷冽，也只能讓人變得自私。

此刻想起氣象預報中的小雪人，竟覺得它微微上翹的嘴角，有著安娜貝爾的詭異……

克服恐懼，
掌控自己，
隨心所欲

每次看到網路上一些極限運動的影片，自己手心都會冒汗——
什麼越野車、高空彈跳、從瀑布跳下、從山頂跳傘……

心裡覺得，我是屬於陸地的，我是適合坐在家裡，開著冷氣、聽著
音樂，啜著咖啡、配小點心，偶爾彈琴、偶爾寫作，那些山裡來海
裡去的，千萬別輕易嘗試。

因為，那不是我的世界，別鬧了！

我當然不是說每個人一定要完成一些不可能的任務，而是建議大
家，在安全的前提下，試試看。

試試，一些新的運動或技能，會讓你的人生很不一樣。

這種感覺像是學開車。

在我大四時報名了駕訓班。很多女生會說，要去哪裡，坐捷運、計程車就好啦，遠一點可以坐高鐵，何必自己開車？當然，現在台灣交通便利，想去任何地方都有各種方法可以到達，何須自駕？

但我想討論的，不是「最終不管用什麼方法都能到達這件事」，我想說的是，當你多了一項獨立的技能時，沿路的風光和故事，以及這些技能可以對你造成的自信，不是幾篇心靈雞湯能辦到的。

在我大四剛學會開車時，常發生一些小擦撞或路邊停車眾人圍觀的窘境，但我都把它當成寶貴的成長經驗，無傷大雅。

當一個人能駕車，等於是有了一個行動私人空間。那裡面是你自己的宇宙，你可以選擇要去的方向、想經過的路徑、想聽的音樂、想載的乘客。移動的過程中，可以發呆、可以欣賞音樂、可以沉澱、可以欣賞自己流暢的駕駛技術、可以看見路邊的小店，想停就停。

當然，只要獨立，就無須向男人撒嬌、討好，為了一趟車而虛情假意。只要手一握住方向盤，好像自己就是充滿能量的女鬥士，剽悍準確，似乎沒有什麼事會難得倒自己。

所以，光是學會開車這件事，講話時彷彿就比較大聲，行動起來也覺得自己多了幾分帥氣。而能夠學會滑雪，也是我此生不敢想、也不曾列入我人生計畫的一件大事。

在過去的旅遊裡，我迷上了雪景。

在草津，大雪紛飛，溫泉區還持續冒出蒸氣，大雪覆蓋了街道、屋頂、石像。

在日本東北的山形，新幹線快速地剖開雪地，偶見一隻烏鴉，呆立雪中，黑壓壓的身體上，只有頭頂積了點雪，而烏鴉像個雪地中的哲人，歪著頭一動也不動。

在日本的銀山溫泉，戶外池面對一座河谷。河谷是黑色，河岸是白色。而岸上的白色，還會看見動物的腳印，只知它去的方向，不見其物。氤氳的溫泉，面對著兩棵大松，松香與溫泉味，混合出一種奇異的草香，雪景安安靜靜地，療癒著過勞的世界。

往銀山的溫泉街步行，除了有路邊足浴的小湯，那整條街，就是動畫大師宮崎駿筆下《神隱少女》的世界。

木造的旅舍透出微光，一窗窗的格子上，鑲著彩色圖片，有金魚有神明，色彩斑斕地高掛傲視著整座靜得奇異的山谷。

在靠近箱根的伊香保溫泉（電影《羅馬浴場》的取景地之一），看著老公背著孩子一步一步地拾階而上，兩旁充滿古趣的小店襯著雪景中的巷道，彷彿掉進時光隧道。

階梯盡頭的古廟，垂下重重的繩結，旅人們虔誠地祈禱，落下的白雪掛在眼睫，讓人單純地只願健康、安好。

在藏王，海拔一千六百公尺的高度，大樹被層層的風雪覆蓋，成了一墩墩方塊形的矩陣，大雪淒厲地掃過臉龐、凍結呼吸，躲進室內，來一碗熱熱的拉麵，便自絕於方才的生死一瞬間。

在松島，俳人松尾芭蕉的紀念館，窗外的枯枝蔓延向天，門口的雪堆靜靜佇立，配上一碗手打的抹茶，一瓶梅、一盞燭，詩人的藝術之魂便隱然充斥整座茶屋。雪中景緻如此迷人，讓我鼓起勇氣更進一步，不只是賞雪，還要玩雪。

除了開快車，從不敢狂言「駕馭」速度的我，當然了解滑雪的「極速」。

為了尾隨李家大小的一股衝勁，只好硬著頭皮上。

雪地裡，最無所懼的應該就是孩子們。

他們矮小、重心低，又對雪地毫無所知，便毫無畏懼。偶爾摔倒，笑聲連連，荳姊更索性躺在地上張大嘴，問她幹嘛？她說：「我在吃雪，新鮮的雪，一從天上掉下來就直接進入我嘴巴！」像我們這種老骨頭，就深怕重摔，跌斷了骨頭，還要勞師動眾，破壞假期。

當然，有專業的教練，便安心不少。從舉步維艱到開始滑行，總共摔了三次。但過程中因為有安全配備，所以不算有大傷。唯一傷得較重便是滑雪板（單板）跌倒，用左手撐地那次，後來找整骨師硬喬，才算去除掉異感。

在雪地裡穿上雪靴，扛著自己的雪杖和雪板，再帥氣地把用具插在雪裡，然後開始戴手套，取起雪板丟在雪地上，熟練地將腳卡進雪板（卡進前要用腳底前後來回刮雪板，讓卡在雪靴上的餘雪剝落。）

光是這樣，就覺得自己帥爆了！信心又往上爆表。再到能緩滑、快滑，甚至順暢地上下纜車自由滑行，連自己都佩服起自己來了。

對不擅長駕馭速度的我來說，

確實有幾次失速的「瀕死」經驗。

一次在Hirafu，因為與前次滑雪隔了一個月，很多技巧都忘了，所以在「試滑」給我的教練John看時，我便疾風似地衝進人群，還好教練迅速滑到我面前，用他的手擋住我的胃（非常紳士，一點也沒有吃豆腐），把我差點造成的意外給擋了下來。

其實在失速的那一刻，我的智商和聲音都離開了我，因為我一點求救的聲音都發不出來，也忘記用轉彎或假摔減速，所以，有專業人員陪同，非常重要。

還有一次在HANAZONO，一個陡坡下滑，讓我的上半身已經與斜坡平行，摔了個後腦勺驚天雷，很震撼，以為就要從頭學ㄅㄆㄇ，或是一加一等於幾⋯⋯

對我來說，滑雪是十分孤獨的運動。

它不像踢球或游泳，一家大小可以分成兩隊，或是彼此在水中抱做一團，玩個遊戲什麼的，它就是大家一起吃早餐，然後因程度不同，各有各的教練，各自帶開。

老公已經可以上黑線（難度最高），甚至可以滑雪穿山越嶺，去別的城幫我買牙線棒！小孩學單板，我是雙板，自然有不同的教練。

各自練功後，大家在餐廳碰面，然後怒吃一頓，再次各奔前程。

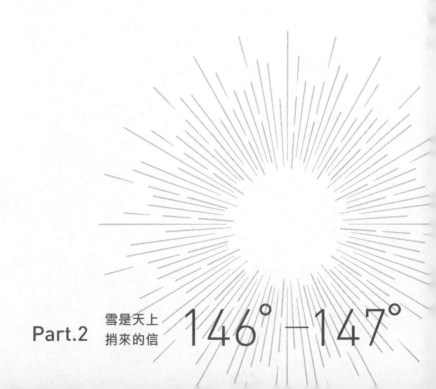

晚餐時，大家已累到放空，大快朵頤後就男女分開泡湯。

各大日本滑雪聖地幾乎都有溫泉，裡面不但有各種溫度、藥材、水果湯，還有烤箱、蒸氣浴，而通常飯店也會附上各種清潔、保養品，女生可以在裡面好好敷臉、護膚，可以說是裝man一天後的極大享受。

滑雪是我進行過的最健康的運動。

因為，腿部和核心沒什麼訓練的都市弱雞，經過一天僵直站立滑行，早已累趴，再加上溫泉助眠，通常我們一家子在台灣時間晚上八點便已鼾聲大作，睡得死死的。

隔天一早，七點起，睡得飽飽又衝向餐廳，毫無顧忌地大吃，再迎向挑戰。

通常，在飯店早餐時，便可窺知誰是滑雪客。

那種膚色有點棕黑（滑雪也容易晒傷啊），穿好雪衣雪褲是個判斷標準，還有那種豪邁地打開電鍋，一大瓢一大瓢地往碗裡盛白飯，然後加蛋、加肉、加魚、加菜好像要吃垮老闆的，就是滑雪客。

因為這是一種相當耗費體能的活動，所以可以丟開熱量的顧忌，怒吃、怒喝、怒睡！怒！一切都怒！

除了二十幾歲時，熬夜就可以瘦的我，也因為滑雪而啟動了好久不見的代謝機制，滑四天，瘦兩公斤，想來，這是我擁抱滑雪的最大原因了。

在細雪中輕歌徐行，在大雪中疾滑下坡。累了，買杯咖啡歇歇腿，什麼都不想，只讓身體帶領自己，從失控到漸能掌控，這又是一番修行，個人必定會有不同的領悟。

醜陋的
恐懼

人到底有多少種恐懼？

在媒體、藥商、廣告大力吹捧的單一美感下，恐怕人人都有醜陋的
恐懼。

如果真的回想起來，我生平第一次有欣賞美的能力，應該是外公的
帶領。

外公畢業自東北師範美術學院。他常靜靜地叼根菸，畫畫、雕塑、
養花，偶爾出考題，想測試我的美感。現在覺得這一幅幅珍貴的回
憶畫面，正是我人生第一次享受美這種感覺。

外公雕花瓶的基底，我在旁邊幫忙和水泥，外公手很巧，用一些油
畫刮畫的器具，就能將水泥砌成他想要的樣子。

晚上九點半，我們一起看電視劇。窗外有茉莉、夜來香，伴著微風
蟲鳴，我們明明就活在一幅美好的畫裡。

所以，我那時認識的美，有外公藝術家的浪漫、有最美的大自然之美、有外公外婆對我的疼愛、溫暖陪伴之美，還有山城苗栗綠油油的稻田、濃濃的鄰里和睦之美。

因為有這樣的成長底蘊，我從來沒想過自己的容貌美醜，只覺得，我的世界單純平靜，萬事萬物皆很美好。

小學、中學，甚至到大學，同學對我很好，也談過幾場小戀愛，從來沒人說我醜過。

或許那就是一個純樸的年代。

沒有臉書、沒有微博、沒有IG。

沒有漫天亂飛的八卦和性愛照，不需PS、不需微整，不用時時刻刻自拍、找出哪個角度最美——現在女大學生說平均上傳的一張照片，是她們從二、三十次「喀嚓」中選出的一張，真是煞費苦心！

那是個沒人會花時間去討論別人長相的年代。

直到我大四那年，進演藝圈。

老闆們開始審視我的外表，想來想去，最好給我加個鏡框（遮醜），歌就寫「天空不要為我掉眼淚」（因為醜得讓老天爺想哭？天啊，真刻薄……）我沒有不滿之意，我只是覺得，那歌寫的不是我。

當然完全了解在當時盛行的「定位說」。

既然要進娛樂圈，就照著行規走。

我確實在錄「天空」時哭了，但不是因為那歌詞的影射，而是因為唱法被限制。

然後，一上通告就是我的「醜女生涯」開始。

主持人的奚落是看得起你，觀眾因為這種「你很醜」的笑話鼓掌是支持你，宣傳因為怕上不了節目而鼓勵你去演短劇、扮丑。

心裡難免落寞。

落寞的不是大部分人對自己的長相評價，落寞的是我以為大家看的是「藝」而不是只看「人」，原來，我學唱歌、能說話，其實都不重要，只要站著被笑就好。

但這樣的日子，不到三個月，我就找到了自己鐵一般的存在定位。

那是二十五年前，兩岸剛開放。我為一個中視的週末綜藝出外景，前往中國大陸。那時因為剛開放，有許多我們預先沒料想過的情形就此發生。

從河北石家莊開夜車奔吳橋縣，司機開了一整夜都在「鬼擋牆」，我們不斷在重複樹林、荒路，和一個招手的人！

從暗夜到清晨，原來我們都在修了一半的公路盡頭打轉。終於，黎明初曉，我們奔向吳橋，也踏上了我的主持之路。

由於那次外景的表現，我慢慢接了不少節目，也慢慢地，找到自己的新定位，一個不用靠外表的，需要一些機智的主持工作。相處融洽的主持搭檔，也都對我挺客氣，沒有在我的外表上大做文章。

一路走來，觀眾覺得我還行，甚至有人說，我越來越漂亮。

或許是化妝越來越專業，或許是攝影機畫素越來越好，總之，我的確比剛出道時，更接近漂亮一點點。

但或許，最主要的原因其實是，我從不覺得自己醜，而且，打從心裡就覺得，我很美，美得與眾不同。

我不想多著墨於此，只想談談「醜陋恐懼症」。

在演藝圈工作二十多年來，看見過許多覺得自己很醜的美女。

記得剛出道時，在電視台化妝室，我用十分鐘畫完整張臉，而隔壁一位美女則花了三十分鐘描唇畫口紅。

事事講求效率的我，常被化妝師抱怨：「陶姊，被你訓練得太快，我們會被別人懷疑專業！」

原來，許多女藝人會用拍照放大來細看妝，還會一根一根地刷眉毛，或要求戴毛帽下得梳個完美髮型（what for？）吹毛求疵的精神令人感動。

但問題是，會這麼做的幾乎都是大美女。就是那種越美的，化妝畫越久。請不要誤會，她們素顏也是超正的，但她們極度不安於許多小細節。

近年來，整型、醫美到處林立，修臉變臉的大有人在。又因為大家動的手術大同小異，於是，滿街鼻梁僵直的納美人，配著死白的皮膚，還有錐子下巴，看來幾乎一家親。

不求同年同月同日生，但求同眼同鼻同醫生。

那樣真的比較美嗎？

我不確定，但或許那樣，他們才能安心。

就算我們的教育都教導大家：不要以貌取人，美就是心中有愛、內在美比外在美重要……但這個世界的人們，本來就很喜歡把做不到的事情變成口號，然後做著反其道而行的事。

久了，口號還是口號，或是拿它來自我安慰。

畢竟，誰不愛帥哥？誰不愛正妹？

整完型的人通常都說他們人緣變好、桃花變多、找工作更順利，而近年的一些心理調查也顯示，外表皎好的人總是能得到較好的待遇——不管是人際關係或工作。

甚至，外表好看的人總是與一些正面字眼連結，就算犯了錯，也比較容易被原諒。

於是，女人們前仆後繼，衝向手術檯，反正麻醉後見不到自己的血肉模糊，醒來後當個木乃伊幾個月，又是一條好漢。

男人化妝整型偶有耳聞，但始終少於女人。

心理學說，因為男人把自己當人看，女人把自己當物品看。所以男人覺得自己是一個獨立個體，不管長得如何，自己都是一個完整的人，值得被尊重。而大多數女人，視自己為產品、貨物，或是男人的配件，於是百般自我挑剔到不只嚴苛，更是變態地自我嫌棄的地步，就怕被退貨。

影星茱莉亞·羅勃茲在IG上po出一張自己的素顏照，她感嘆大多數人修圖、整型，不愛惜自己原來的樣貌，她的素顏或許有黑眼圈、小皺紋，但她寫道：「我希望你們看得到比外表更內在、更多的東西。」她寫道：「PERFECTION is a Disease of the Nation.」「It's the soul that needs the surgery.」當然，有些人可能會抗議：她已經很美了，才敢素顏！那麼，妳為什麼覺得自己不美？妳用什麼標準來衡量？

錐子臉？占了臉一半大的眼睛？那是少女漫畫。

雙眼皮？長睫毛？那是西方人的天生基因。不是很崇洋嗎？那麼，洋人都懂得欣賞丹鳳眼了，為何東方人嫌棄成那樣？

追求美並沒有不對，但冒著生命危險，花了大把努力賺來的錢，只求和海報上的明星一模一樣，就未免可悲了。

而且，這不只是浪費錢、浪費生命。在過程中的每一刻思考，都是「我不夠好」、「我醜死了」，不斷的自我否定。

如果這樣的力氣，能花在「我英文不夠好」、「我吉他彈不好」、「我書讀得不夠多」，然後努力去學習，你有的光采和自信、魅力，一定遠大於一隻明顯的高挺的假鼻子。

想得闇黑一點，這麼龐大的「醜陋恐懼潮」，會不會是商業操縱？

賣糖給小孩只要強調它的色彩、甜度，賣美貌給女人卻用許多光影、P圖特效來製造高不可攀的標準來讓女人恐懼，然後聰明的女人瞬間被洗腦（也不算瞬間，滿街的廣告、FB、IG、微博的大量美女圖，大量地排山倒海地、天天狂洗腦……）然後，她的目光焦點、人生志業，就只剩下照顧外貌這件事了。

我在這麼注重外表的演藝圈打拚，不能說沒有恐懼過。

但是，我知道自己的價值不只外表。不只，你看，我多有自信。

我覺得自己挺可愛，有大陸網友說像柴犬，多可愛。我覺得自己的笑容挺紓壓。我老公還覺得我挺性感。

所以，除了我越看越順眼的外表，我認為，割雙眼皮不會讓我多兩個節目，是我機智的反應讓我有節目做的。

觀眾選擇買我的書、唱片，也不會是因為我的小眼睛，而是因為他們聽見、看見我想傳達的感動。

當我們都經過一些人生的曲折，才懂得欣賞不同的美。

記得我懷第一胎時，整個人腫得像小熊維尼他姊，我吃得開心、睡得打呼、不時還會放響屁把自己嚇醒。

當然也懊惱過身形的巨變，但我只記得，經過慘烈的自然產、加上親餵母乳的疼痛後，我在浴缸裡，輕輕撫摸鬆弛的肉肚肚，說：「你辛苦了！」

說完這句，我釋然地哭了。

為一個小生命，暫時犧牲了一些微不足道的胖啊、瘦啊的小哀愁，可是價值連城的交換。

我當然也想有平坦的小腹、S曲線，但以我有限的體力和時間，我想先分給孩子、老公，和看好看的電影、書，聽好聽的音樂，去神往的地方發呆，因為那讓我靈魂飽足、人生平衡。

我並不恐懼醜陋，因為說醜的人，人生只有外表。而且，那定義太狹隘。

我恐懼的是心裡空洞，不知道為什麼而活。

我恐懼人生貧乏，惶惶終日，只為別人的標準搖擺。

我恐懼生命到終點時，沒有看過人生的真善美。

我恐懼造物主給我的寶藏、天賦，我都沒有好好琢磨。

那個闇黑的商業操縱，讓許多可能有更精采、更有意義人生的女人們，容許異物進入身體、嘟嘴眨眼擠乳溝、扭腰擺臀搔首弄姿，為了更多的讚，為了成名（但成名後無才無藝淪為花瓶），變成容貌相近的產品。

那麼，大家都邋遢度日而不用費心追求美？

不是的。

歌手愛黛兒的美，來自她作品剖析情感的深刻，來自她赤腳開演唱會的坦率，來自她歌聲的魔力。

演員林依晨的美，不只她的身形、容貌，而是來自她對劇本的慎選，和對角色的深入功課。

天后張惠妹，好美。她的歌聲總是帶我們進入一個歌藝的最高殿堂，充沛的情感、帶勁的動感，還有，她不斷對專輯製作的自我要求。精益求精，永不言倦。

當孩子學會踏出人生的第一步，毛髮稀疏、滿臉口水，眼睛有點因為發育還未完成而小脫窗，都不重要了。因為他的努力，因為他跨出了人生的一大步，他就是目光的唯一焦點，宇宙的傳奇。

當你晚歸時，等門的母親端上一碗熱湯，噓寒送暖，那份無怨無悔的奉獻，絕美。

當你的女人替你做了便當、洗了衣，陪你看她一點也不懂的賽車，陪你經過人生的風雨，她的魚尾紋是因為笑臉迎人，她的眉心是因為你而憂愁，沒有心的男人才會去嫌腿嫌腰嫌胸部。

工作消失的恐懼

這裡要說的並不是失業。

而是你習以為常的一份工作、職業，它要從人類史上消失了。

二〇一六年一月，世界經濟論壇達沃斯年會上，論壇創辦人兼執行主席施瓦布指出，人類的第四次工業革命已經來臨。

第四次工業革命所帶來的科技海嘯，首當其衝的是中產階級，未來五年，將有五百一十萬個工作會消失。

自從一九九〇年以歌手身分出道，並在同一年接觸主持工作後，我在娛樂圈，也有二十六年之久了。

從最早在中視與倪敏然大哥、董至成大哥合作第一個週末大型綜藝開始，一路走來，歷經了華視、台視，又到衛星電視台，再經歷過有線電視草創到百花齊放，這二十六年來，走遍了九個電視台，做了三十多個節目，已經算是電視圈的老鳥。

電視台生態也從一開始的三台獨大，收視率動輒二十～三十以上，

到有線電視一字排開一兩百台而收視率只要破一就算不錯的變化，台灣電視不管是在戲劇或綜藝，都還算在華人世界占有領頭羊的位置。

但從二十世紀末開始，中國電視台推出綜藝急速竄起，不論在製作或企畫的一日萬里，或是近年來《中國好聲音》《我是歌手》《最強大腦》，乃至於和韓國電視圈密切合作推出一系列的真人秀，台灣綜藝已漸漸式微，難望其項背。

於此同時，台灣電視圈人才也在九〇年代末期大量移往大陸交流合作，多如過江之鯽，幕後的瓦解崩落也可想而知。

另外，台灣的電視台早已習慣過去三台鼎立時的盛世，年終領個十幾、二十個月是理所當然。

有線電視瓜分廣告後，台內員工不再那麼好過，跟過去的收益比起來，縮減了大幅的利潤，對老闆來說，少賺就是賠。

於是，電視公司也不想再花大錢做節目，製作費能上百萬的預算已不復見。

電視台主管一坐下來也只顧著削減預算，而不問節目的創意、規模，更遑論早已蕩然無存的媒體社會責任和對這份工作的熱情。

在我剛出道的時候，真的還見識過大舞台、大道具、大卡司。

但這十年來，台灣的綜藝要不就是純外景、棚內規格也大多是發來

賓聊天的「談話型」節目。（要稱談話型節目也太勉強，因為除了娛樂八卦，便是家庭雞毛蒜皮小事，毫無深度可言。）

就算是紅極一時的《超級星光大道》，也是在有限的預算下做出一點影響力，但看過《American Idol》或是《中國好聲音》《我是歌手》，就可知道舞台規模、樂隊編曲、音響設備、美術燈光、混音成音的天壤之別。

這幾年，收視率調查數字一直在下滑。（雖然這個調查方式一直有爭議，無奈台灣廣告客戶堅信不移。）

年輕觀眾更是大量轉移到網路收看不同內容，再加上電視台不停縮手，情願買別人現成的戲劇或綜藝來播而不願花大錢自製，惡性循環的狀況下，電視台已經大量裁員縮編，要砍節目也是從花費較高的下手（有些電視台居然還先砍主將，或具有高收視的節目。）

胸無大志、自廢武功，難怪台灣電視已面臨窮途末路。

雖然有些電視人不這麼認為，他們堅信就算網路直播有即時性，但精緻度和規模不足以匹敵電視節目，這種說法理論上是對的，但放眼台灣現狀，卻未必有實際執行面可以支撐。

在這個論調中，電視是可以做出更優化的內容。

而這個「可以」當然是指各方面的支持都必須最大化、最強化。當中包含了電視台或其他財源的大力投資——沒錢很難做出高端的視聽效果。

資深有經驗或是有創意敢衝的製作團隊——台灣已是鳳毛麟角，老人凋零、新人沒訓練的機會。

全新的收視率客觀調查，和具有使命感、責任感的電視台老闆—他要願意支持好節目（但收視未必叫座），願意不斷栽培幕前幕後人才，這樣才會使電視生態生生不息。

當然，地方有線系統業者拿走了下游端收視戶的月租費，使得上游製造內容的電視台無法實質獲益。

而有線業者可以切斷電視台的廣告而自行賣廣告，也使電視台收入銳減。

這樣一個畸形的現象卻無人敢整頓，怕也是各方勢力的暗中較勁，各霸山頭卻殺雞取卵的恐怖平衡。

台灣電視圈，我服務了將近三十年的地方。

在二〇一六年停掉手中的《大學生了沒》後，一個電視公務員面對漫無止盡的長假，不但是擔心自己的未來，更擔心電視台的消失。

當觀眾已經可以從網路上得到各種滿足，使用平台除了電腦還有手機、平板，試問，我們還要電視做什麼？

將來，電視就只會是個播放器。

而我們要看的內容可以來自各個網站，或是不同的製作團隊，你問問現在的年輕人，誰還會為了某個時段播出的電視節目飛奔回家，守在電視機前等待收看？想看什麼，只要用手機滑一滑，不出十秒，上知天文，下知地理，美洲的、歐洲的、亞洲的，運動類、藝文類、綜藝娛樂類、戲劇類、真人實境秀。想看什麼，就能立刻搜尋到手。

傳統媒體的被淘汰，速度之快，只在彈指之間。

真不知是電視台炒了我，
還是我炒了電視台。

天命

我是相信天命的。

如果不要說得這麼玄，
可以說每個人都有自己與眾不同的特長、天賦。

我就是喜歡拿麥克風。

能用一、二句話翻轉眾人的情緒，讓大家開心或感動，對我來說，就是一種充滿魔法的藝術。

我不見得喜歡說話，其實一個人抱著書和音樂，也是可以沉默一整天的。

但能夠用麥克風對著眾人演說或主持，那當下場域的情緒心思共振，總讓我心神往。

我人生中第一場公開演說，是被逼上台的幼稚園畢業致詞。稿子是爸爸寫的，姊姊拿著長尺在一旁「督促」我背稿，而我被選為致詞代表的原因只是因為爸媽都是中廣的主播，所以學校算是「欽點」

我……

背稿子是懵懂無知的，又因為姊姊在旁「啪、啪」地拍尺威嚇，所以算是趕鴨子上架，一點都不享受。

對於如何上台，如何完成「唸」稿子已不復記憶。但媽媽替我記錄了一個瞬間，讓我明白，我是為什麼愛上這樣公開說話的。

那是媽媽為我拍下的一張黑白照片。

照片中的我從幼稚園園長手中接過一樣禮物，眼睛發光的我露出貪婪本性——我居然咬住下嘴唇（多年後我帶女兒荳荳去靈鷲山禮佛，她面對佛像許願時也咬住下嘴唇，真是有其母必有其女啊！）

回家拆開禮物，更是欣喜若狂！那是一個塑膠鉛筆盒，上面印滿小花朵，而且，它的開闔之處是用磁鐵吸住——好高級啊！之前的怨氣一掃而空，萬萬沒想到做一件自己原本不喜歡的事居然可以拿到夢幻鉛筆盒！或許這樣的「正向連結」就讓我愛上了公開演講、說話。

當然，小學時期對於演講、朗讀比賽還是排斥，因為還是彆扭，還是害羞。就連我小四時媽媽帶著我上廣播節目，我還是抵死不開口，讓媽媽急得直跺腳！但我整個「演說魂大爆發」，要遲至國三那年。

那年，我是資優班的班長，為了升學，全班每天就是考試、考試、考試。

其實我在國中碰到的老師都很好，不但為我們解惑，還是關心學生生活細節的好老師。

孰料，班上有同學因為受不了壓力，竟要家長投訴導師！

我國中的導師李美紅是個有愛心、耐心，又有一點點嚴格的好老師，她愛孩子都來不及，要不是聯考制度所逼，她大可以不要盯大家讀書。

於是，義憤填膺的我，把班上門窗通通關起，然後開始發表我的演說。

詳細內容已不太記得，大概就是告訴同學，於此同時，全台灣有多少同學正在為聯考奮鬥，不是只有你或你們在辛苦打拚，不要因為自己吃不了苦就傷害老師……

講得全班目瞪口呆。

然後，有人敲門進來。

是李老師。

她看見班上氣氛如此祕密詭異，我又怒氣沖沖，便把我叫了出去。

我還記得她推了推眼鏡，皺著眉頭問我：「你在幹什麼？」

我在為你打抱不平！老師！

她了解之後好像訓誡了幾句，可能也為我的大膽魯莽捏把冷汗，然後就說，以後不要再這樣子了。

我知道她不怪我，而我也沒有聽她的，我以後，老是這個樣子。老是義憤填膺，老是激昂地演說。

第二次大膽地公開演說，規模更大了。

高中一、二年級，我代表學校參加古文朗誦比賽，拿下全台灣冠軍，在那個年代，中山能打敗北一女，是大事一樁。校長笑得合不攏嘴，在朝會上要我拿著冠軍杯繞著全校師生跑步展示。另外，我又擔任合唱團指揮，南北征戰的結果是，課本有一半是白的，公假實在請太多。

到了高三，我放下社團全力衝刺，成績是從百名外開始竄進，但三年平均下來，分數當然不會高。孰料，在畢業典禮前一天的彩排，校長質疑我未以班級前三名畢業，資格不足以代表畢業致詞，我憤而將自己的手寫稿用力丟出：「那你去找別人吧！」然後帥氣地走出禮堂，留下一地的錯愕。

沒人看到的是，我痛哭流涕，覺得深深被汙辱了。

後來，因為實在太臨時，找不到人頂替，我還是擔任了致詞代表。

我自己寫的稿子中，有一段是模仿校長的語氣說：「你，在哪裡？」

這句話是校長每次月考後，在朝會頒發前三名時常常激勵學生的一句話，意思是成績優秀的同學可以上台頒獎，那麼，每個同學都應自省：「你未能站在台上，那麼，你，在哪裡？」

這稿子原來就長這樣，未因校長質疑我「資格不足」事件而更改過一句一字。但因前一天的風波，早已傳遍整個校園，所以當我說出「你，在哪裡？」時，全校同學認為我在諷刺校長，爆以故意的大笑，尖叫和熱烈的掌聲，演講完畢，還有一堆人獻花給我，搞得我一頭霧水，而校長的臉，更是埋在她講台的盆花深處，站在台下的我，看不見她的表情。

我並沒有惡意的。

其實後來也謝謝校長的激勵。

後來的後來，我就一直是爭議的風口浪尖。因為有些事不吐不快，有些人不得不幫。

不只是仗義執言，我還喜歡說故事。

去了一個島，把那兒的景物人事說得活靈活現，讓朋友也去；看了一場電影，聲淚俱下地講給姊妹聽；吃了一道鮮味，就立刻說上了一片海洋；聽了一段愛情，便進入他們的生離死別。

追根究柢，我不只是愛說能說，還因為自己是個五感發達的人。

很多人問我，如何把話說好？

其實這跟你的嘴沒關，跟你的腦和感受性比較有關。

徒有弓，沒有箭，像是有最先進的武器，但沒有彈藥般不知所措。

有些人字正腔圓，但言語乏味。

說話，終究來自思想。而思想，來自大量閱讀思辨、大量旅行、大量感受、大量放空。

不是走馬看花，而是深深體會。

做了這麼多電視節目，還讓我不放棄廣播的原因，除了以做廣播懷
念母親之外，我還迷戀那小小錄音間，當頭吊著一支麥克風的氛
圍。

方寸之地，我一個人，對著一支黑乎乎的麥克風，一開麥，世界就
在我行雲流水的嘴邊——可以談論趨勢未來，可以慢慢品嘗一首歌
的感動，可以分享人生故事，可以將對生命的熱情無限傳播。

這安靜的當下，只有我，和麥克風存在。

然後透過電波、網路、天涯之外，有許多人與我的喜怒哀樂共振，
或贊同、或懷疑、或憤怒、或沉思。

當然，我也曾經討厭過說話。

那是進了娛樂圈當了幾年主持人之後。

當時一週要錄好幾期節目，最多可能錄到五、六天。有一陣子忙於
《好彩頭》《頑皮家族》的外景，曾經一個月只待在家裡三、四
天，基本上其他日子就是在攝影棚、巴士或飛機上度過。有時候，
一上飛機就倒頭大睡，醒來也分不清是在關島還是琉球。

往往人還沒回過神，就要對著鏡頭開始講話。

介紹旅遊景點、介紹動物習性、介紹好吃店家，或是用英文問導遊為何公象現在瘋狂追逐我們的吉普車，或是用台語跟店家老闆划拳……

那時居然開始羨慕玉女偶像。 ☽

覺得女生長得好看真好。

只要打扮美美地、淺淺一笑，主持人和製作單位都會讓她們站在最中間。不用搶、不用關說，她們就是含著金湯匙的中心人物。

玉女偶爾吐出幾個字，全場就為之絕倒。

玉女講話沒有哏，主持人會加油添料讓她變得可愛又迷人。

玉女可以在鬧哄哄的綜藝節目中安靜成一朵泰然自若的蓮。邊上的猴子們跳上跳下、嘻笑怒罵，有的跌坐在地上打滾做效果。

而玉女還是挺立在她的蓬蓬裙裡。好迷人、好有氣質啊！

那樣的女人總是有人疼、有人愛；而我這樣的女孩總是努力淪為笑柄──

畢竟，不努力製造效果，就會白站三個小時。因為，妳的畫面會被剪光光。

於是，我錯誤地以為，那就是我應該追尋的方向——

只要我不多話，就可以有氣質，
就不會和聒噪劃上等號。

在手上節目最多的時候，我回頭想唱歌。

當歌手，可以用作品說話、可以用音樂發言、可以用MV畫面呈現
意境，可以用遠方的詩代替柴米油鹽，可以低吟淺唱而不用大吼：
「恭喜你獲得獎金一萬元！」

可惜，那個時候的演藝圈，外表是王道。那時還沒有文青或另類，
也不多地下或獨立，於是，我痛苦於自己的能說善道，企圖用音樂
表達靈魂也礙於大環境的風氣而不得其門。

當然，我也不是刻意想演出寡言。

身邊若是沒有家人、朋友，我確實是可以禿筆粗紙地自顧自樂一整
天。

偶爾出外工作，忙完了我就回飯店房間，一個人聽聽音樂、讀讀書
報雜誌，或靜靜看個電視、玩玩手機。你就算把我關上幾個月，只
要有書有筆有音樂，我是不會悶的。

如果不是因為主持這份工作，我應該會被歸類為沉默寡言。（有人在大笑嗎？）

至今，我也不清楚是因為善於說話而得到這個工作，還是因為這工作讓我越來越能說。

只是，經過「玉女迷思」之後，我倒是能對自己的能言善道坦然接受了些。

許多教養專家說，對孩子，只有一途，溫柔的堅持。

指引小孩、從旁協助、導正，其實都需要溝通。語言的溝通、肢體眼神的溝通。而命令規勸又比不上說故事。不管是奇幻冒險、溫柔可愛的故事，為娘的我總能信手捻來、「信口開河」！

如果姊弟吵架了，我就編個姊弟倆合作擊敗魔王的故事，情節中加上姊姊如何照顧弟弟，弟弟又如何在關鍵時刻幫了姊姊一把的曲折離奇；看完動畫意猶未盡，我便把牛仔胡迪、巴斯光年調來，進入太空搶救電池耗盡的杯麵（Bay-Max），滿足那小小心靈的遺憾。

其實畫面就像是周星馳電影裡的唐三藏，持續不斷地叨叨唸唸，溫和地、不斷地、誦經式地，讓小潑猴們不得不甘拜下風而屈服。

當然，好說更要用對地方、用對對象、用對篇幅。

像是對老公，不宜長篇大論，宜精簡；不宜怨懟責難，宜讚許於無形；不宜夜叉式暴烈，宜溫婉提醒，而且，點到為止。

對姊妹，則可胡天胡地亂說一通。

鉅細靡遺地八卦、聲淚俱香檳齊下的交流，好不暢快。

在媒體上，則提醒自己寓教於樂。

七分搞笑或感動開心，三分則是暗暗的企圖。

那企圖便是教化。

傳遞新觀念。像是環保節約、像是新知探索、像是運動飲食的重要、像是女人不可再妄自菲薄的提醒。

傳遞新感動。介紹乏人問津的藝術家或是書、展覽。自己能在主流裡享受掌聲，也不能忘記幫好的人事物推一把手。

有時候，少不了熱血運動。

可能是因為廣播現場的沸騰、即時互動，所以總是希望喚起在同一分鐘、同時呼吸一份空氣的身邊人們的熱血。

不公、不義、不舒服，都成了我討論，甚至討伐的對象。

如果會說話這項天命能賦予我一些人生意義的話，激勵人心、濟弱扶傾便成了我的目標。

有時想想，能夠手握麥克風傳遞一些理念，而且有人願意聆聽，還願意把力量借給自己使，變成一股強大的善能量，真是何其有幸。

每個人都有其天命，找到它、善用它、享受它。

LIVE YOURSELF

愛自己。

這三個字早被說爛了。

最近一次被大量複製、造成流行，是小賈斯汀的歌〈Love Yourself〉。

這句話如果說得更能實踐一點，是Live Yourself。

活出一個完整的你。

人的一生都在探索。

向外，探索周遭、探索未知；向內，探索自己，和未知的自己。

這樣的探索，包括了不斷地學習、改變、蛻變，然後有了更豐富的自己。

這確實要立基於Love Yourself，但其實不只是給自己一條魚，而是給自己一根釣竿，或一座海洋，所以，可以說是Live Yourself。

這樣的探索是不能停止的。

也不應該因為體力下降、年齡增加，或身分改變而停止。它或許可以按下暫停鍵pause，但不會是按下停止鍵Stop！

不然你會覺得生命中最重要的一部分不見了，被剝奪了，人生沒有意義了，委屈了，自己不見了。

有一次和一位在歌壇頗有地位的女歌手聊她的小孩，大家慫恿說，快生第二個！（天曉得我們也是文藝女青年，也不是這麼愛生好嗎？若不是為了孩子的教養和將來孩子要獨力照顧兩老的問題……）

她突然睜大眼睛，激動地說：

「不行！一個小孩已經讓我沒有自己了！」

我了解這句話的意思。

原本，在一個歌手的生命中，就是不斷戀愛、創作、唱歌、沉思、醞釀、再創作。

可以有一整個下午聊專輯概念，談一個小旅行給自己的啟發。

可以有好幾個深夜振筆疾書，只為了琢磨一句歌詞的美。

生活中努力的都是為了藝術，看大師的電影、去小劇場流下文青的淚，發了一篇只有幾個字卻有數十萬人按讚的臉書，或是點一瓶法文發音的香檳，和姊妹用水晶杯碰撞出一種天之驕女的爽快。

有了孩子後，作息大亂，再加上新手媽媽的慌亂和產後的荷爾蒙躁動，（注意！我不叫它產後憂鬱，因為這個詞標籤化了辛苦的產婦，更激怒了已經陷入忙碌深淵的媽媽們！）生活頓時變樣走鐘。

嬰兒每四小時吃一次奶。

假設十二點餵一次，餵到十二點半，再拍背擠嗝哄睡到一點半，洗奶瓶消毒到兩點（餵母乳者可省這一段），睡不到兩個小時，寶寶又要吃下一餐了！

如此周而復始至少三個月到半年。

期間還要注意小孩偶發的腸胃不適、觀察大小便、注意吃奶的CC數、身高體重頭圍是否正常、尿布疹如何根治（當我得知國際巨星Brad Pitt也曾為小孩的尿布疹困擾時，心裡有舒坦一點）、眼球轉動是否正常、與人互動的反應，育兒書上說要刺激手掌、腳底、聽覺，大一點了要讓他多爬、刺激膝蓋，還有什麼時候學語文最好、吃什麼最營養……

孩子再大一點，又有不同問題要注意。

曾經，我望著束之高閣的畫板和稿紙悵然若失。

音樂庫裡的搖滾和另類被水晶音樂或童謠取代。

盡量不接新節目，接了也像趕火車一樣地催促錄影趕著回家。

就像我老公，奉獻出他可能成就事業高峰的十年，接戲標準居然是：「可不可以不要演男主角？給我配角就好！」因為我們都選擇了想要多陪孩子一些，勢必要有所割捨。

這段期間，我們幾乎沒有了那個原來的自己。

因為有了新的身分，所以我們偏離了原來的航道，必須去學習新的冒險、新的知識。

但，那又何嘗不是一個新的自己？

常被問到：「如何在工作和家庭間平衡？」

其實，這個問題更深入的意涵便是：如何在更多身分的義務之外，還能保留那個不在乎外界壓力影響的青春期的自己？

會用「青春期的自己」是因為，那時的一切仍是新鮮清明、目標明確、熱血沸騰。喜歡一樣事物便要廢寢忘食、追尋到極致。

很多男人就算到了大叔的年紀還仍然組樂團，一幫子湊起來超過二百歲的男人專心地彈著吉他，或舉起酒杯論天下，那便是青春期的專注、心無旁騖。

這樣的女人並不多見。

可能在東方的傳統中，家務仍屬於女人的專業，所以女人被剝奪了完成自我的權利，也不抗議。

女人常常在走入家庭後甘願做牛做馬，專注於眼前的柴米油鹽而忘了有詩有遠方。

所以，我鼓勵女人要自私一點，當然，這也必須仰賴其他的支援系統（願意伸手幫忙的伴侶、家人、鄰居、朋友），然後在客觀條件允許下（比如說孩子大一點，去上整天的課時），一點一點找回自己。

這就是我在〈告別雪季之行的驚天發現〉文章中所提到的，不甘於只做顧包包的ski mom的原因。

不要放棄參與的權利！ ☼

我知道許多媽媽很累、很辛苦。

但往往看到媽媽們送小孩去上各種才藝課，送到後總算鬆一口氣，就坐在一旁和其他媽媽聊天。

建議各位媽媽其實可以斟酌個人體能，試著一起參與。

因為媽媽們的大半時間都被剝奪了，又離不開現場，那為何不一起學習？

孩子們上籃球課，我試著在旁邊練投籃；他們上羽球課，我和爸爸在一旁對戰；他們上攝影課，我也學到了iso、白平衡；他們滑雪，嗯，我也跟著滑。

除此之外，我一點一點利用零碎的時間。

他們看卡通時，我練書法。看完卡通，關掉電視，我們一起安靜地閱讀。

在車上，我選自己喜歡也適合小孩的歌給他們上音樂課（比如周杰倫、方大同、Meghan Trainor、愛黛兒）。

我趁半夜看電影、練吉他，趁清晨寫作。

原來的我又回來了，加入了這個從一個人變成四個人的行列，多了些擁擠和吵鬧，多了些過去沒有的幸福，也多了些峰迴路轉後的取捨和智慧。

這就是真正的Live Yourself。

不是要贏得美魔女的稱號，不是要別人說什麼「身材這麼辣，一點也不像兩個孩子的媽」，而是要打從心底了解自己想往哪條路去，想探索什麼，想學什麼能讓自己開心的事，忘掉家庭、忘掉丈夫、孩子，只有自己。

一天一小時都好。

Live Yourself。

逃避的夢想

就算偶爾我會鼓勵別人，
要正向、要做準備、要勇敢、要熱血……
但在人生的某些時候，我卻只想逃避。

總會在旅行的片刻，突然有種「不要回去了！在這裡住下、生活」
的念頭。

像是荳荳兩歲那年，我們一家三口（小龍還沒出生）在峇里島的海
邊餐廳，看著夕陽，享受著微微海風，菜還沒上，四周無人，荳姊
像是突然著了魔，拿著湯匙就跳起舞來，我們也靜靜地看著她，她
坐在嬰兒椅上，揮舞著湯匙。

Lounge music，而她順著音樂，將湯匙舞成一道道海浪的弧度，兩眼
直視晚霞餘暉。

那一刻的美景和氛圍，發出一股魔力，而荳荳感受到了那美的力
量，然後用她的肢體翻譯出來，用一個兩歲娃兒的敬舞，表達她對
此刻、這一瞬間的感受有多震撼。

那將會是我死前畫面必定閃過的一張。

然後一路浪漫到底膩死人的我就開始想永遠住Bali，不要回來！對未來的渴求竟然小到只剩一張海島明信片，只要這樣，好像就能過得很無憂無慮。

又或者一家人自己開著車，穿梭在無人的北海道山路上，沿路暖陽伴殘雪，世界變得很安靜。

我看著他的側臉，很平靜，有微微的笑容牽動。

我就想不要回來了，我要住在北海道。

那個瞬間，我們一家人似乎可以就這樣無止境地開下去，好像要奔向哪裡，又哪裡都其實不重要。

我不想到目的地，我只想一家人，一直這樣坐在行經北海道的路上，我的小小孩不要長大，我不要變老，老到忘了這一刻。

去義大利的佛羅倫斯，我想住在向日葵花間的田莊，不要回來了。

去上海，我想在衡山路買一個透出暖光的窗戶，往下看梧桐樹，和穿過樹間的電車。

到倫敦我覺得我一定會去申請劍橋大學，在那個大學城裡聽課、喝咖啡、撐篙划船。

認真地想想，第一次有這種症狀是二十幾歲時因為《頑皮家族》出外景，前往南非。

我被他們的國家公園感動到我上飛機前還痛哭流涕地打了通越洋電話給我媽：「媽！我對不起妳！我不孝！我不想回台灣了！我要當南非人！」電話裡陶媽媽急了，劈里啪啦把我罵了一頓，什麼我有神經病之類的，然後氣急敗壞地掛我電話。

我還是上了飛機，但看著登機門，我開始狂哭，我上輩子一定是南非人，我的心好痛，我不能離開我的土地……

回台灣後，我還哭了好幾天。

過二週，病就好了，再沒提過要變成南非人了。

最近，是想去終老在沖繩，因為剛玩回來。

離奇的是，老公並沒有因為我屢次發病而翻白眼，反而很興奮地跟我一起做夢。

「好啊，我們可以在峇里島賣剉冰！」或是「在北海道種菜啊！夏天打高爾夫，冬天滑雪……」是一種「改變不了你的敵人就加入他」的策略！

所以，只是精神異常？還是很愛逃避？

常在旅行的途中，眷戀某種感動，然後就想拋下過去，重新來過。

問題卻在，那樣簡單的生活，會不會過了一陣子，又讓我想逃？因為沒膽真的去做，所以至今還分不清那是一種逃避或是一種嚮往。

最後一次離開北海道，我和老公在巴士上沉默不語，突然，晴朗的天空變暗，細雪飛來，我的心中吶喊著：「啊！北海道捨不得我們，用雪來相送！」老公轉頭告訴我，他有點難過。

後來發現荳和小龍也是，放假就瘋，收假就哭，以為這是家傳。

後來在臉書上看到媽媽們都有一樣的經驗，要開始上課這件事，實在太好哭了！

所以，這應該是一種原始的欲望。

好逸惡勞，這四個字會不會太嚴重？

反正，我的腦子裡總是會有一幅摩登原始人之《古魯家族》的畫面，天涯海角，一顆大石擋住的洞穴，就可以是一家四口的安身所在。

從一個人的逃亡升級到一家人的亡命天涯，還是有點進步的。

不只是貪戀美景、貪戀悠閒，我想，這當中還是有些形而上的人生哲學可以探討。

人生，到底求的是什麼？

金銀財寶，五子登科？那背後又有多少的爆肝血淚？委曲求全？

快樂是什麼？

開一瓶很貴的香檳？還是住豪宅、開跑車？

其實，只要一方陽光清澈的小小海灣，躺在白沙上閱讀配以Mojito，也可以快樂很久。

但是，度假的快樂到底是它自己本身，還是因為一年下來辛苦工作襯托所致？

再問一題，

你曾經度假多久而不心慌？

有人說，五天是極致，有人說十天就想回去工作……實際上，到底可不可以人生一直在度假？缺基本生活費就去度假打工，存夠了再逍遙一陣子，這樣過生活有什麼問題？

許多社會福利好的歐洲國家或澳洲、美國，都有這樣的人在這樣地活著。這樣的人在中國人的眼裡，是不是就叫做「無所事事」？

中國人志向很遠大，從小寫作文，「我的志願」不是總統就是太空人，不然就是要做一份「對社會有貢獻的工作」。

孩子從來就不敢寫，我要每天玩、我不想工作這樣的內容。

因為，就算海綿寶寶每天撈水母，和派大星玩無聊的遊戲，他本身還是有一份廚師的正職啊！

如果自己的孩子每天衝浪，一直到老死，他很快樂、很無欲無求地單純地快樂，這樣大人們能接受嗎？他不想出人頭地、成就大事，這樣可以嗎？

自己反覆辯證中，找到了一條新路。

畢竟，人是需要建立和他人、和社會的關係。

你是一個資深的唱片製作人，你做了一百多張唱片，累積了很多不錯的作品，在音樂這行裡，人人認識你、尊敬你，你也不斷學習新技巧、新觀念，時時提升自己……

在上面這段話裡，你和許多人發生關係，建立了需要和被需要的價值，找到了自己的意義，被肯定、被記錄、被畫在一張用生命展開的樹狀圖中。

所以，你的工作需要你的專業，你的專業來自於你的學習和經驗，你被一張有意義的關係圖包圍了！

那麼，人還是怕被遺忘？

人還是怕被當作Nobody？

人還是不能「無所事事」？

世界越快，一切都要跟上。

世界越快，心則慢的狀態，應該是努力一場後的淡定。

好吧！

海綿寶寶也離不開比奇堡的。

我還是繼續努力，然後偶爾逃亡吧！

第三部

旅行，

讓心清明地

回到最初

2016 夏之北海道
SUMMER HOKKAIDO
PART.1

北海道的六、七月是雨季。我們到達時就陰冷下雨。但所謂度假模式是，管你外面下冰雹、下刀子，我們心中永遠有太陽。飛機抵達、入關，一行人跳上巴士，先前往超市辦貨。

可愛又要命的日本，總是以成行成列的扭蛋機來榨乾父母、製造親子衝突。在機場、在商場、在路邊、在廁所旁，總是有少則八台、多則長達兩公尺近百台的扭蛋機，（上野車站外，請父母出站後堅持右轉；切記勿左轉，要不然……）而當我們進了超市，不能免俗地又碰到了站在「死亡角落」的扭蛋機。

這次有一蛋還滿有創意的,它是個小型的剉冰機。幾個孩子先以小白兔的無辜表情,配以鞋貓劍客的超萌雙眼求情,然後爸媽輕嘆一聲,交出硬幣目送跳著跑開的孩子們。

一開始,孩子們一致地雀躍。待開蛋後,便是幾家歡樂幾家愁的局面。小龍哭著說:「我的是粉紅色的——!」聲音悽慘、配上顆顆淚珠。酷姊荳荳看著遠方冷冷地說:「我的是紫色的……」沒有扭到藍色、綠色,為娘的天空就會是灰色的!然後就是孩子們用各種演技企圖脅迫父母讓他們扭第二顆蛋!

硬起來!硬起來!

做父母的就是常常在軟硬之間天人交戰,有時候看不慣自己的狠心,有時候看不起自己的心軟!

這次我贏了!哈哈哈哈!我沒有給他們第二顆扭蛋的錢!辦完貨,大家在車上分享各自戰利品。曾在日本讀過書的陳氏夫妻大推日本各超市熟食區的炸雞,冷了都好吃,可

能是因為日本調味較重鹹的關係。不過，後來又吃了他們推薦的全家便利店去骨炸雞肉片（要選不辣的），其外酥內嫩的口感真想每天吃它三大回合。

朋友一起旅遊的好處，便是有各路消息靈通人士各獻其寶。

陳氏夫妻又打開了一種水果口味的冰球。有哈密瓜、葡萄、梨子等口味。一球球的外殼是冰沙，入口一擠壓，裡面便是果肉混冰沙，他們說台灣便利商店也有賣，只是常常被搶購一空。一行人在車上分食、聊天，二小時後便到了此行的第一站：星野度假村。

這裡有可散步的森林，車一駛進園區，我就看見一頭大鹿，在樹蔭深處與我對望，我拍了拍老公：「那鹿是真的假的？」老公說，這麼大一隻，當然是假的囉！說完，我看到那鹿的耳朵動了一下。

是真的。都市人不相信大自然。

後來,在園區的高爾夫球場,還看見一隻肥墩墩的野兔跳過。這才知道,星野度假村就位於森林中,不時還會有狐狸穿梭。

如果是北海道親子滑雪行,大推星野。它不但有大雙人房兩間,還有一個寬敞的大客廳、二間全套衛浴加一間獨立廁所,重點是,還有一個超級深、超級大的浴缸,一家人如果四到六人同時全泡進去也一點都不擠,太讚了!(不過若重點是滑雪,初學者的雪道還是白馬較寬。)

沒有雪的夏天(天知道二〇一六年的六月份,北海道仍下了一場雪)所有的雪道鋪滿了綠草、周圍都是綠樹。在這樣的「雪場」度假村,夏天去便是享受森林的芬多精。

在星野,有高爾夫球場(我們讓孩子下去體驗了兩洞),有自行車租借(但不太好騎,因為都是上下坡),有槌球、釣魚活動。

最重要的、也是讓孩子回味再三的就是:

「Mina-Mina beach」微笑海灘。

那是一座室內挑高水不冷(因為也不是溫水)的造浪游泳池。大概每半小時會有一次人造海浪,孩子們各乘香蕉船或充氣鯨豚乘風破浪,又叫又笑地玩了一下午,泳池兩側少不了氣泡溫泉,可以來個微Spa。

不過,有刺青的朋友要注意,工作人員會要求你把刺青用膠布遮住,以免其他客人感到不舒服,

這是在日本泡湯或游泳必須注意的公共禮儀。

而最方便的是，住客可以下載Tomamu的App，隨時查詢各處資訊，包括有多少人在微笑海灘，或預訂美體Spa，或告知水之教堂的開放時間，或了解高爾夫球場各洞地形，或是各站餐廳的營業時間，皆一目了然。

話說，連看極光都有App可查詢了，在二十一世紀，什麼沒有App？

在北海道的三餐，
簡直是一場美食綜合大秀！

星野的早餐是自助式，孩子們每天先盛一碗白飯，澆上一大瓢鮭魚卵（奢侈啊！）配上海苔絲，還有整顆柳橙榨出的鮮果汁，必備的煎鮭魚、各式醃漬菜、生菜沙拉，和入境隨俗必來一碗的味噌湯。

味噌湯之於日本人，
已經不只是一碗湯。

在電影《媽媽的味噌湯》（改編自暢銷書《小花的味噌湯：安武家面對生命的8堂課》）中，得知自己罹癌仍懷孕生下小花、時日不多的媽媽，除了自己用簡單和食（糙米、蔬菜、味噌湯）維持元氣，更教當時只有五歲的小花自己做味噌湯。

每天，小花從磨鰹魚乾、用昆布煮湯底，然後使用自家製的綜合味噌，再在湯碗裡撒上蔥花，煮出媽媽傳承的味道，這一道和媽媽的食譜一模一樣的味噌湯，在媽媽過世後，仍在廚房裡飄香，仍然陪伴著爸爸和小花。

小花在作文〈與媽媽的約定〉中寫道：「媽媽賭上性命生下了我，所以我現在才在這裡。如果媽媽沒有生下我，我現在就不在這裡了。我覺得，媽媽真的好努力。

我現在，很努力做媽媽教我的味噌湯。每次做味噌湯時，都會想到媽媽。每次做味噌湯時，都能感受到媽媽就在身旁，我真的很幸福。謝謝媽媽把我生下來，我自己的生命，由我自己來保護，這是我和媽媽之間的約定。」

而聽陽岱鋼的老婆說，日本球隊的營養師也堅持球員每天都要喝味噌湯。有趣的是，每家人飯店的餐點都必備一鍋味噌湯，但在洞爺湖的乃之風飯店裡算是讓我開了眼界！

它的自助餐味噌湯竟然是裝在一個像是大型的咖啡開飲機裡，只要按一個鈕，用碗接著，味噌湯就如接一杯咖啡般地嘩啦啦流出，很方便，也很神奇。

你可以感受到日本人有多離不開味噌湯，有多渴求它的立即性、方便性，需要的是一大桶、一大箱，並且隨時可得。

原來，日本精神除了菊花、劍道，還有味噌湯。

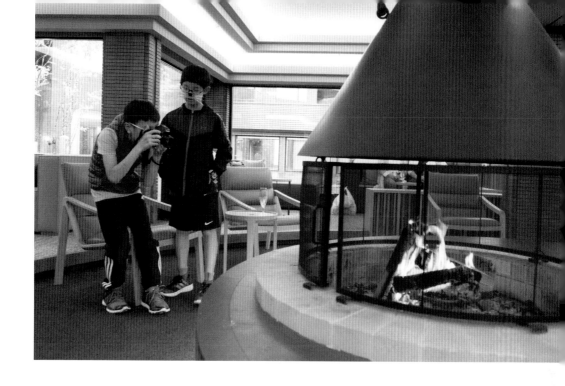

像前面説到的，星野的設計就是讓全家親子遊，尤其是為了小小孩。

青少年，如果酷愛戶外運動、熱愛森林還可以，不然，他們可能會覺得無聊。但對我們這種平時就住在山上，看慣了樹木花草、聽慣了蛙鳴蟬聲、享受慣了藍天綠地的一家人來説，來到星野，就是奢侈。

我們驚訝於這裡夏天的天空是這麼地藍。而整座度假村，基本是被森林包圍，空氣不但清新，在十來度的氣溫下，吸進一大口，何止新鮮，還透著冰涼的爽颯。

因為初夏仍涼，住宿的大廳竟然還是有柴火狂燒的壁爐——曾經也想在自己家裡裝個壁爐，因為排煙問題，只好扼腕作罷。

大廳外設計了小池塘,孩子們跳過一顆顆池水上的小石頭,奔向
草地上的吊床。蒲公英的花絮在風中忽高忽低,不知名的小黃花
笑臉迎人,說這兒如詩如畫都不足以形容。

一般飯店的設施都在意料之中,但星野讓我意外。

它有一個
美得不得了的小圖書館。

就在那有著吊床的草地旁。一排落地玻璃外是天、是地、是水，有蝴蝶、有蒲公英、有孩子的歡笑。玻璃窗內，是挑選過的書——有旅行、建築設計、美術。門口擺了咖啡、果汁自取。

一個不過五坪大的圖書館，只用深色木頭做隔間、做可坐可臥的地板、做書架、做出一方沉靜、做出一室書香，在遠遠的北方森林裡，我覺得自己和村上春樹接近了一點點。

在星野，有大自然，也有人工設備可享受。孩子們喜歡那個叫做「微笑海灘」的地方。那是個挑高至少五層樓的室內造浪游泳池，因為全用鋼骨和玻璃，就算外面下大雨，室內仍因光線充足，看起來是明亮的、讓人想微笑的。

literary life　　PosterLabs　　MEITU

幸せとは旅の仕方であって、
行き先のことではない。

媽媽們更是不用煩惱。微笑海灘的更衣室有最周到的設計。

置物櫃不用說，淋浴間一定有，最貼心的是，它有一個超級強力脫水機和提供裝濕衣物的塑膠袋。基本上，所有濕衣物被那脫水機一脫，根本就是乾的了。

微笑著走進來、微笑著走出去。

如果不會打高爾夫，也可以跟著會打高爾夫的朋友去球場走走。我們在球場一直晒太陽，很舒服的。

偶有野兔跳過。那野兔真肥，我開始替牠擔心。因為，星野是有狐狸的。

我們還租了腳踏車，不到三十分鐘就還車了，因為騎的全是上、下坡。本來想遠征山頂的一間 coffeeshop，後來，坡太陡、太長。

我是幸運地租到電動腳踏車，但其他人已經氣喘吁吁，於是打道回府。

在星野，還有一個浪漫的所在，水之教堂。那是建築師安藤忠雄設計的。外牆皆用清水模，拾階先上再下，然後映入眼簾的，便是一個永恆的瞬間。

可容納幾十人的教堂，面對的是一方水塘。水塘後有森林，水塘中，是一個大型十字架。白天來、晚上來，各有不同樣貌。

跟我同期出道的玉女蘇慧倫是在這兒舉辦婚禮的，基本水之教堂就和蘇的氣質是相近的。簡單卻意義深遠，看似無奇卻充滿變化。靈性十足，與世無爭。安靜而美麗，沉默卻氣場強大。

在這兒結婚的人，除了靜靜地接受親友的祝福，也接受著天與地、雪與花的見證。

如果追尋浪漫是你人生的一部分，你可以在清晨四點左右，乘纜車上山看雲海。當然，飯店櫃檯也有天氣預報，準確地提醒客人早晨雲海的生成率。

我們是在預告雲海只有百分之四十的生成機會下去看的。晨起，孩子們蠕動掙扎，但因為有同伴激勵，孩子居然也像小軍隊般著衣出門。

北海道的夏天，不過三點半左右，天就亮了。當我用臉書直播時，台灣才是凌晨二點半，一堆網友驚訝於自己的深夜，在二千七百公里之外，竟已見晨曦。

坐纜車上山。冬天坐、夏天坐，感受大不同。

冬天滑雪時，滑下來又再坐纜車上山，那是一趟溫暖的休息。車廂外風雪冷冽、車廂內熱烈討論自己剛才的滑行趣事。冬天上車急急忙忙，因為裝備笨重、腳下靴如千斤，又必須將雪板插於纜車外的架子上，又必須快步踏上移動中的纜車，壓力不小。

夏天乘坐，基本是輕巧地、悠哉地跳上，再像個觀光客般四處眺望——看葉子、看樹、看山、看出清清楚楚的懼高症。

我們一家四口擠在小小的車廂裡，開始說說唱唱，老爸唱起〈妖怪手錶〉，可一大早昏昏懵懵地，歌詞怎麼都想不起來，經網友提點，那句歌詞是：「為什麼早上會那麼想睡覺！」真是一語中的。

兩個小學生胡天胡地說著冷笑話，我們因為那一點也不好笑的哏傻笑著，偶

爾互推頭，偶爾因為對方太可愛而抱著彼此入懷大笑。我輕聲地在荳荳耳邊說：「女兒，不要忘記這樣的瞬間。」

不要忘記李家四個人聚在一起的歡樂、不要忘記那空氣中屬於我們的愛、不要忘記父母對孩子的依戀、不要忘記那些最簡單的快樂。

下了車，果然雲海離我們遠遠的、淺淺的，日本人的預報總是準確的。

雖是夏天，清晨仍是寒涼，貼心的日本服務，提供了大外套給賞雲的遊客。

體驗完了晨起賞雲，山頂還有一個郵筒，鼓勵大家寫明信片。正當浪漫的天蠍想要坐下提筆時，務實的魔羯立刻說：「寫什麼寫，趕快回去睡覺了，小孩一大早起來，不回去補眠會生病，走走走，下山了……」

如果還在談戀愛時期,我一定會放大他的不懂浪漫,然後藉題發揮,任性大生氣。

但因為我們有了家、有了孩子,實際地維護家人健康、平衡各成員所須是當務之急。

我們就像一艘太空梭裡的成員,前方有好多夢、好多理想要去完成,所以艦長的軍令如山、必須尊重。

事後也證明,孩子確實玩太瘋,不強制休息真的會體力透支、影響旅途的節奏。

中午睡起,驅車前往富良野。

2016 夏之北海道
SUMMER HOKKAIDO
PART.2

日本北海道的面積是83,451平方公里，占日本國土五分之一，也是台灣的2.3倍大。所以，十次都玩不完。離開了位在帶廣的星野，我們出發去富良野。雖然繁花才剛種下，未見花團錦簇，薰衣草沒有妊紫、罌粟也未嫣紅，花未成海，但仍不減遊興。對放大假的人來說，路邊小野花都是天地間的神妙恩賜。

富田農場中的小花已經排排站好。除了花，農場裡還有新鮮哈密瓜可以嚐。紀念品店裡的各種薰衣草製品，讓媽媽們看得眼花撩亂，精油、肥皂、香香安眠包、紫色的毛巾、香氛，連園區裡的摩托車，都被薰衣草上了色。

同行的陳桑精通日語，便向當地人問到了一家當地的餐廳「Furano Wien」。那餐廳位置居高臨下，不但可鳥瞰整個富良野，還讓我們喝了當地自產的白酒、配上鹿肉義大利麵，和充滿田野風味的蔬菜湯咖哩。

湯咖哩（Soup-Curry）是很妙的料理。基本就是把咖哩變成可喝的湯。但各個餐廳煮法不同，滑雪勝地的或許因為要提供熱量，所以較濃、較重鹹，而我在Furano Wien吃到的湯咖哩，都是蔬菜、沒有肉，清爽又好吃。

告別富良野，我們的下一站要去旭川。途經美瑛，讓老李想起了卡通《小英的故事》。因為它屬丘陵地形，所以高高低低的稻田在公路兩旁展開，有人說那紅黃紫綠像極了拼布之路，更像在地面放煙火般的四季彩之丘。美瑛町也是一個橫跨日本，發起許多觀光鄉鎮組織「日本最美村莊聯合」的單位。這次未能細探，只是路過。

但看過了美瑛的各種美圖，讓我下定決心有生之年，一定要來美瑛十次！傍晚，我們開進了旭川。越來越北，氣候越來越涼。但它的涼是一種乾爽的涼，罩件薄外套、披上一點陽光，吃上燒肉或是熱呼呼的拉麵是極好。

第二天，帶著鬧哄哄的孩子前往旭山動物園。

因為這兒靠北（？！），所以園內不少極地動物。北極熊和企鵝是必看，其他像是獅子老虎豹，看起來也比在其他動物園舒服──可能是因為氣候乾爽，也可能是因為人為的維護，旭山動物園竟然沒有一絲臭味。

北極熊和企鵝的水池也非常乾淨，算是被囚禁的動物中較幸運的了。我們希望能藉由近距離觀察動物來教育孩子，卻又犯下了捕捉和禁錮生命的罪，這一是一非之間，也是大人必須思考的問題。

2016
夏之北海道
SUMMER HOKKAIDO
PART.3

因為愛上北海道的冬雪，那一望無際的銀白世界，所以，又想看看它夏天的樣子，全家人又往北飛去。

初夏的北海道，像極了L.A.，或是澳洲的夏天，溫度20℃上下，微涼，但有日照時又補上整身溫熱。水龍頭流出的，是高山剛解凍的冰泉。太陽很高，藍天很藍，雲朵的亮白又提醒了此處曾經的光輝白雪。

基本在冬日被雪覆蓋的萬物，此刻都踴躍地生長。全然的白，換成全然的綠，點上紅橙白黃，水墨畫變成了水彩畫。

經過姹紫嫣紅的富良野，經過山坡升降、路邊野花遍生的美瑛，經過北極熊悠然游水的旭川，我們又「回」到了Niseko新雪谷。

小鎮上近八成的店鋪都是關門的。沒有雪、沒有觀光客。這是一幅很特別的景象：萬物野蠻生長、太陽豔麗、藍天白雲絕美、溪流潺潺，但人煙稀少。我們試圖找回冬天幾家餐廳曾帶給我們的驚豔──像是鎮上Seco Mart對面的Monty。

那是一個有台灣留學生打工、老闆是新加坡人的bar。晚上是運動酒吧，白天則是早餐店。台灣留學生Arthur看我在臉書po上滑雪照，知道我在新雪谷，便留言邀我前往。那天早上因為行程是要往洞爺湖，便去Monty外帶。

原來Arthur是煮咖啡高手，而店裡的可頌和各式三明治更是一絕。我們喝了咖啡、帶上幾個剛出爐的可頌，和店員講著中文，突然對那一方小小天地又產生了如家般地親切感。今夏再回，不見熟悉的身影，悵然些許。

因為夏天的新雪谷，基本沒什麼遊客，八成商店都不營業。

不過，相同的地方，可以有不同的玩法。這次是三個家庭一共六大八小一起出遊。我們捨棄了傳統飯店，選擇一整棟的木屋居住。

通常我們會說「小」木屋，但在新雪谷這樣的滑雪勝地，木屋從二房到六房都有，坪數之大更可以說是別墅。

這棟帶給我們四天三夜歡樂的「絕景」，坪數一百多，有三層樓的六房六衛，有大客廳、大廚房，孩子們開心地跑上跑下，一會兒玩躲貓貓，一會兒玩木頭人，讓度假更瘋更好玩。

話說計畫趕不上變化。此行在札幌站時帶孩子們去巨蛋看了北海道火腿的比賽，當然主要是為了看陽岱鋼。而陽太太很周到地特別來觀眾席找我們，還送上一堆Yoh桑代言的產品，我們回敬以第二天的午餐，就這麼認識了陽岱鋼。

後來因為Yoh桑必須飛到福岡打下一場比賽，我們又大膽地開口邀他家人與我們同遊，陽太太居然答應了！她居然答應了！她居然答應了！

於是，陣容從六大八小變成了八大九小，住在美美的大木屋，孩子們的尖叫聲幾乎掀翻了屋頂。反正，屋前是稻田，窗外有羊蹄山，非雪季又沒遊客，大可以放肆！孩子們享受同伴共遊，時而說說傻笑話、時而追逐。太太們則在廚房分享女人心事。

在鎮上，往俱知安（Kuchan）有許多大型超商和餐廳，像是Max Value 和Lucky，Lucky對面有家必吃燒肉店「Soga」，可以滿足每個晚上。而大型的超市，食材之豐富、多元、新鮮，燃起了每位太太的烹煮魂！

因為滑雪時沒能買太多生鮮來自行料理，所以便在夏天享受這樣的樂趣。

陽太太也加入了這個行列，幾個太太在超市各推一個大型推車展開超激鬥。

北海道的玉米、草莓、哈密瓜、切好的生魚片、生蝦、火鍋湯底、鮮奶、水果穀片、清酒、柚子酒，和牛肉片（因為接近晚上所以半價）、起士、拉麵、吐司，還有晚上可以助興的煙火，持家的女人們在賣場裡冒了許多粉紅泡泡，腦海裡浮現了各式香噴噴的料理，想著孩子們會如何雀躍地期待，便是女人最大的滿足。

當然，還是要感謝一下司機兼挑夫老李，抱著五大箱食材、飲料，結帳櫃檯和排隊的日本人紛紛報以驚訝的注目禮，看他抱回一箱箱的戰利品，不難想像會是幾個家庭的歡樂party。

第一個夜晚，各家廚娘大顯神通。

最有趣的是，挑食的孩子們一聽到這是專屬陽岱鋼的私房料理，立刻把菜搶光光！老李還興奮地邊吃邊喊：「吃完就會打安打！」

至於陽太太為何如此精通廚藝？她說是因為陽岱鋼不喜歡外食，所以她都自己動手做！要替這樣一流的運動選手顧營養，牛肉當然是首選。

而且，陽太還說她當初怎麼煮，球隊的營養師就是不滿意，因為少了一道──味！噌！湯！（日本人的堅持啊⋯⋯）

陽太太居然在遠遠的北海道燒出一道道客家味。山藥麻油雞、蘿蔔絲炒蛋，還炒了泡菜豬肉，飯後還做了火腿蔬菜捲讓大家下酒，豈是賢慧二字了得。

而曾在日本讀書的陳太Kakin則是令人讚嘆的萬能超級super媽媽！她可以左手煮咖哩、右手泡咖啡，身上還抱著一隻三歲的小兒子邊削蘋果。

大家打牌時她又神隱去替全家兩大三小洗衣服、烘衣服、幫小孩洗澡。待全屋的人睡去，她又偷偷收拾殘局、收食材、鍋碗瓢盆。

相較之下，李太太則是不錯的外場服務生。

因為內場已經有太多廚神級的人物，所以我便很識相地擔任外場。舉凡上菜、倒酒、催促小孩上桌吃飯，到收拾桌面殘渣、準備飯後水果點心，李太飛一般地穿梭在食客與大廚間，行雲流水，間或偷捏嚐鮮，間或舉杯邀喝，好不暢快。

而身為醫美名醫師的賢內助黃太，則是提供了一些青春永駐的諮詢，讓整個行程都玻尿酸了起來！（真是寫作生涯的一大突破啊！玻尿酸當動詞使用……）

北海道新雪谷之夏的第二天，李太想帶大家去釣魚，Google了一下附近只有一家這樣的服務，便開車前往。

一到店家，不禁啞然失笑！居然就是冬天讓我們體驗蓋冰屋的同一個地方！當時的冰雪平原已是綠草滿布，老闆也搭起了幾座小帳篷種作物，小屋裡還是沒變，桌邊放了些羊毛氈小物，屋外多了些色彩，屋內寧靜依舊。

一行人坐上那部已有些破舊的小巴，坐墊的海綿都已露出，經過半小時的杳無人煙、豔陽青山，到了一座公園。

原來，我們要釣魚的河，就位在公園裡。

公園裡就是一大片、一大片的草地，然後是那條河，然後是遠山。在此要特別感謝同行的友人們從不埋怨。

如果同行的有任何一位正值青春期的叛逆少年，我一定會被翻白眼翻到三百六十度加七百二十度翻到爆！沒有3C產品，沒有Wifi，沒有潮牌，只有草地、山，和河。

太太們提著預先準備的水果、輕食，開始往唯一一處窄窄的樹蔭下鑽。（那兒又窄又是滿地大螞蟻，對不起媽媽們！）先生們開始替孩子們的釣竿裝上活蚯蚓。

再一次叩謝大家（尤其是各位媽媽們）的不離不棄，因為，當時是正中午！我並沒有要晒乾大家的意思，只是這種不趕行程的自助遊，都是等到每個人都自然醒才出門，所以，算不到拿起釣竿已是正午十二點。

釣魚活動進行了兩小時。也就是說，正常人類最怕的中午十二點到兩點，我們都在曝晒。

一頂草帽、一根釣竿，河水潺潺流動，每個人占住自己的一方戰場。不久，荳荳的同學Lawrence先釣上一尾，雖然不到十公分大，但卻鼓舞了大家的鬥志。

再一會兒，酷愛垂釣的荳荳居然釣起一尾成魚，引起陣陣驚呼，她得意地拍照留念，事後也不掩飾驕傲地和Lawrence嗆聲：「我的比你大！」

更妙的是，陳家釣起一個蚌殼。那貌似孔雀蛤的貝類緊緊咬住了餌，都被釣上岸了還緊閉不放，連北海道老闆都嘖嘖稱奇。

我是一無所獲，又可說是滿載而歸。

獲得的是陽光下的陣陣微風、偶爾從頭頂飛過的鷗和腳下冰涼的河水，還有孩子們鮮少的專注入定和燦爛的笑容。

回程孩子們在車上划拳，玩得一直傻笑、大笑。回到大木屋，梳洗一番便驅車前往俱知安冬夏兩用之超級救星──Soga燒肉店。

席間不但有好吃的カルヒ牛肉、新鮮生菜沙拉、北海道特選生啤，還佐以陽岱鋼球賽，又是充實的一天。

再次謝謝各家父母，因為出發前在群組中約定：「請盡量不要讓孩子玩iPhone、iPad。」大家也都遵守規定，在十天旅行中居然沒有孩子吵著要玩，太感動了！可見，家長只要堅持，還是可以讓孩子遠離3C。

如果有空閒時間，多帶孩子去踢球跑步、戶外走走，他們的參與會讓你嚇一大跳！

2016 夏之北海道 SUMMER HOKKAIDO PART.4

在新雪谷的第三天早上，陳桑又把我偷偷拉到
角落：「今天要幹嘛？」

想來，大家已經識破這是個很多鳥拉屎、杳無
人跡，幾乎可說全歇業的小地方，所以不免擔
心。神經大條的我說：「去摘水果啊！」

無視於窗外的陰雨連綿，我用魯夫的樂觀熱血
口吻，天真地回答。男人們Google了一下，
說：「果園都不在新雪谷……」咳！咳！不是
在余市，就是在小樽。

喔，那就往回開啊！

在地人陽太太瞪大了雙眼：「往回開？」是啊，反正度假嘛，才開一個多小時……我彷彿看見大人們臉上的三條線。

沿路，天氣糟透了，雨越下越大，沒有要停的意思。我開始有點擔心，明朗的北海道之行，會毀在這充滿雨水和泥濘的果園之旅。

但是，日本真是個令遊客安心又舒適的地方。

在我們歷經滂沱大雨和幾度迷失在果園泥路上後，一個轉彎，瞧見了那座觀光果園。

帶著歉意和憂心的我跳下車，打探了環境，立刻又回到了魯夫狀

態：「大家下車！果園是有棚子的！YA！」

是的，那滿園的櫻桃樹，是種植在大片的遮雨棚下，也就是說，除了偶爾經過一些接縫處有雨水之外，百分之九十，我們都可以安心地摘櫻桃、吃櫻桃。

入場券一千一百日圓，隨摘隨吃。

日本櫻桃和美國櫻桃不同，比較小顆，色澤偏鮮紅和黃，甜度雖然沒那麼高，但是有酸微調，自是另一番風味。

在果園裡隨摘隨吃的樂趣，彷彿是西遊記中那還未被馴服的潑猴齊天大聖，走進了王母娘娘的蟠桃園似地，嘴裡還沒嚼完，伸手又探向枝頭，眼裡卻看上前方更多的垂果。

不管大人小孩，人手一盆，貪心地邊走邊採邊吃。

這景象多像人性的考驗。

擺在你面前的各種誘惑，免費的，誰能不取？不心動？誰又能適可而止？

剎那間，女人上菜市場貪小便宜的心態大爆發，我不斷催促孩子們快摘快吃，生怕浪費了入場券——怕ㄙㄟ、！金某菜！

狂亂地吃了一陣之後，我終於回過神來，發現手裡顧著籃子、扶著梯子，如何能夠記錄這美好的瞬間？

施主，要放下，才能立地成佛啊！

於是，我做了宇宙間最難的決定，停止吃櫻桃、摘櫻桃，開始拿起相機，記錄這滿園的美景，和孩子們的笑臉。

這也頗符合馬斯洛心理學的五大需求層次理論：人類有生理需要、安全需要，此屬於低層次的需求，當它得到滿足後，就會往更高層次追尋，接下來是社會和尊重需要，最後，則是追求自我實現。

這位二十世紀的心理學家，是在一九四三年發表〈人類動機的理論〉（A Theory of Human Motivation Psychological Review）中提出了需要層次論。

但在中國，西元前六百多年，管仲便說：「倉廩實而知禮節，衣食足而知榮辱。」大意便是若生活不虞匱乏，人們就懂得禮節，知所進退，追求精神上的榮譽。真是一葉一菩提，一櫻桃一哲理啊。

不過，值得欣慰的是，除了為娘短暫的暴走之外，孩子們倒是呈現了知書達禮的一面。

他們仔細地觀察，謀定而後動，小心地摘取、細細地品嚐。

吃夠了，也不多摘，小菩薩說：「媽，我夠了！」為娘的真是慚愧啊。

過去長輩可能是經過戰亂，有過居無定所、三餐不濟的經驗，所以總被教育要囤積，以防不時之需。

印象裡，我媽媽管理下的冰箱，總是滿滿的。一大堆塑膠袋，擠得滿滿的，像極了被開腸剖肚的暴食者。

一包包打開，竟不能分辨是何物。問她過期了嗎？要丟嗎？她總是氣急敗壞地說：「丟什麼丟？那是我要煮湯用的！這是南門市場買的！那一包是王奶奶給的！這是……」

無奈地關上冰箱，快快結束這場倫理大戲、母女衝突。

廚房和冰箱，是女人的地盤，就像車子之於男人，旁人無從置喙。

這幾年，飲食健康漸漸被重視，觀念也慢慢改變，less is more，不僅是時尚態度，也是人生管理哲學。但從小被教導，耳濡目染之下的影響還在，瘋狂購物解釋了心裡空虛，許多東西一次不能只買一件，因為，買五會送一，滿千會送百——這樣的採買滿足了一時的快感，卻在無形中令人窒息，更造成了浪費。

單身時，愛買衣服、鞋子，有千百種理由可以亂買：難得來東京啊、工作辛苦要慰勞自己、這件限量、那件雖然size較小，但瘦下來一定可以穿上的……就這樣，衣櫃裡塞滿了許多吊牌根本沒拆過的衣服，像極了皇帝後宮中幽怨的妃，連皇上的一面都沒見過呢，青春就要霉掉了。

堆積，衣物不斷地堆積。好吃的零食、好用的衛生棉、想看的書、影集，蒐集了大量的CD、黑膠，旅行帶回的碗盤刀叉、畫作海報……

空間越來越小，空氣越來越濁……

皇上因為無法面對自己的貪心，怪罪於六宮粉黛，都是這些過時過氣的女人讓自己喘不過氣，所以，又去江南尋歡，帶回一個個新鮮佳麗……

如此周而復始，空虛，只能更空虛。

慾壑難填，要的不是填滿，因為不知足，所以永遠也不夠滿。心裡滿足了，滿園的櫻桃，都會是你的。

帶走的不只是一時的口腹之欲，更是一幕幕甜美的回憶。

野球之夜
★ ★ ★ BASEBALL ★ ★ ★

在開進札幌市的高速公路上，左手邊，
遠遠地就看見它。在一堆水泥森林中，
一個銀色的龐然大物。有飛碟？不，它
是夢想和熱血的發生地，北海道札幌巨
蛋。為了幫旅日名將陽岱鋼加油，我們
一行人早就在台灣透過網站訂票，想一
睹名將風采。

因為飯店人員的建議，怕球場附近大塞
車，所以我們就坐地鐵前往。地鐵雖然
方便，可是出地鐵後卻是要走上一大段
路，再加上不少樓梯要爬。而且後來發
現，球場附近根本沒堵車，所以強烈建
議如果可以自駕是最好的。

要進球場前，
當然得添些裝備。

陽岱鋼的球衣，瞬間變成三家人，六大八小的制服。加油棒、棒球、棒球玩具組，提著戰利品，急急尋找座位。

快！球賽已經開始了！三步併做兩步，登上入口階梯！哇！哇！我差點哭出來！

二十年前我在TVBS做過一個《Hito Hito 紅不讓》的棒球節目，踏過台灣各大球場、各大練習場，但札幌巨蛋的規模和人工草皮、整潔的座位，讓我頓時紅了眼。

我的臉激動地發抖，向在身邊的老公吐出一句：「老公，這是真的嗎？好美的球場！」

亮如日照的燈光，如水彩畫般的草皮，乾淨的走道，大螢幕上選手的介紹，適時的近鏡頭，球迷們整齊劃一的應援動作和歌聲，這裡，根本就是野球的烏托邦。

日本職棒的現場和美國的大聯盟大異其趣。東方人認真執著，觀眾們的焦點都在球場內，球員的一舉一動都牽引著球迷的反應，雖然球場也賣啤酒，但內野球迷們大多是謹守本分——加油！安靜地看球！（但外野當然是大聲敲鑼打鼓並跳著加油！）偶爾惋惜、小聲驚呼！安靜地看球！整齊地加油！——甚至在座席中有個小舞台讓帶領大家的隊長對著開小小聲的麥克風呼喊，而那小舞台，也是中場休息時表演的地方。

不過，在日本球場加油有許多規則要遵守，他們的應援都得先向球團申請許可，若無認證，你的加油聲或加油器材（像大聲公或紅布條），是會被投訴的。

但我在舊金山巨人隊主場的觀賽經驗，則有不同感受。老外悠閒地進場，在熱食攤上擠滿了人讓你以為球賽還沒開始，待一找到位子卻發現已經第二局了。

然後有些人甚至還坐在根本看不到球場的角落裡吃熱狗聊天。觀眾席沒有組織好的啦啦隊，只有偶爾一、兩位較激動的大哥向空中喊了些詛咒或詛咒式的讚美！

東方人對成績很在意，對球賽很投入，西方人當球場是個放鬆的地方。不過，我身邊的老李則是中西合璧。平常不喝酒的他只要兩小杯啤酒就會大聲，那天，他在札幌球場買了兩大杯，所以變得超級大聲！他太鬆了！開始大喊！開始用臉書直播當球評！

後來，人在中外野的陽岱鋼遠遠地看著三壘上的我們，越來越大聲，他還交代現場攝影師一定要拍我們，三次——媽！我上了日本的電視了！陽岱鋼在休息室，看著畫面說：「李仁哥是不是喝high了？」

小孩也激動了。

只要陽岱鋼上場，荳荳便帶著一群小孩站起來，用力敲著加油棒，然後還回頭看一眼爸媽：「你們還不站起來？」眼神那麼焦急，語氣那麼認真，我們嚇得像做錯事的小孩（到底誰是小孩啊？）趕緊站起來加油！

人的感覺是很奇妙的。在電視機前看轉播，覺得棒球的節奏是慢的，但在現場看球，居然是覺得很緊湊、很緊張、很興奮。投手投出每一球，我們都聽到它入手套的聲音。

我在大魯閣打球速60公里的球都被嚇死，實在很難想像職棒球員面對的都是130公里以上的球速，他們怎麼看得到球？陽岱鋼一直維持三成以上的打擊率，實屬不易。而每次看到他要守備時，得從本壘一直跑到最遠的中外野，半局結束又得跑回來，如此九個來回，就是十八趟的四百英呎，兩公里的距離。

更別說是要看這麼多的高飛球（我坐在觀眾席常常看不到球飛到哪），瞬間還要判斷方向，加速準確移動，接到球然後再從中外野長傳回內野！球員真是神力過人！不愧是雷射肩！

因為周遭都是日本人，聽到我們一直用中文加油，便知道我們來自台灣。最後在撿陽岱鋼丟出的簽名球時，因為黃醫師手滑掉了，日本人撿到還要還給我們，黃醫師也不好意思拿，一陣禮讓後還是給了日本球迷。東方人還真有美德。

因為怕四萬個球迷散場塞爆，我們提早一局離開，但還是站在場外的大螢幕看到最後，才急忙衝向車站。結果顯示，我們多慮了。場外排班的計程車很多，交通仍然暢行無阻，扼腕！

不過，在場外碰到日本火腿隊的吉祥物FREP The Fox，雖然語言不通，但牠還發名片給孩子，讓孩子

們開心得不得了！真心佩服日本職棒的面面俱到。

當然，還是要特別特別感謝陽岱鋼和陽太太的照顧！因為球賽看到一半，陽太太就牽著女兒，手提一堆陽先生代言的產品來送給我們。還邀約了第二天的飯局，讓我們能近距離一睹巨星風采，打擾了他們本應該有的家人團聚時光，真的不好意思！すみません！

回到飯店，孩子們仍然不肯脫去球衣，一直拿著加油棒在床上跳，要不是警告他們再不睡是會錯過第二天和岱鋼叔叔一起吃午餐，他們還真捨不得這個野球之夜呢。

迷人的

— MARRIED —
— COUPLE —

【 陽氏夫妻 】

印象中的體育選手多是開朗外向會聊天。但出乎意料的是，陽岱鋼私下是沉默寡言又容易害羞的人（還是因為不熟？）而且他愛聽古典樂，愛吃甜食，令人想不到球場上的猛男，私底下卻靜如處子。

我們一行人與他們家人共進午餐。席間共有九個小孩打鬧成一團，他都微笑以對，他的女兒也沒花多少時間就和所有人開心地玩起來。而陽太太宛容更是一位外表溫柔漂亮，個性卻爽快直接地常常讓人噴飯，入得廚房，出得廳堂，又古典又現代的女性。

後來的旅行，不但驚豔於她的廚藝，既美味又神速，她的人還友善得可愛，迅速成為大家一起無話不談的好朋友。

更好玩的是，宛容和她媽媽毫不隱藏她們對打麻將的渴望和熱愛。一起旅行的那幾個晚上，當她們母女倆看到麻將拿出來時，滿臉的喜悦和眼裡閃爍的光芒，就可以知道她們多想打牌，也或者可以説，她們其實滿寂寞。

在日本居住，沒什麼台灣朋友。平常就是上課學日語。當老公在全日本飛來飛去打球時，她們祖孫三人就待在札幌的家，看棒球。

嚴格説起來，日本職棒球員全年的休假只有一個月。陽太太過這樣的日子已經快十年了。女兒出生時，陽岱鋼也在球場上奮鬥。懷孕的產檢，也幾乎是她一個人從日本飛回來做。

令人敬佩的是，從宛容身上絲毫感受不到一點點怨氣。一點點都沒有。其實，陽太太一開始也是受不了的，但後來她想通，她説，每等一年，這樣的日子就少一年。

賢慧的
陽太太宛容

當然，她的付出一定也是因為老公陽岱鋼的相對回報。

在我們共同旅行的六天裡，陽岱鋼是天天打電話給老婆──飛到一個新城市、下了飛機打、球賽前打、球賽後打。

因為他們倆天天視訊，所以我們這些路人甲乙也有幸一同看到機場帥氣的陽岱鋼、在球員休息室沒穿上衣的陽岱鋼，和睡前洗完澡的陽岱鋼！！！

而且，自律甚嚴的Yoh桑，不太會在賽後出去喝酒放鬆，大多時間都待在飯店，為了維持身形和體能，他通常都只吃蔬菜、納豆、白飯、味噌湯、雞肉少許。在視訊的兩端，似乎也是兩個極端。

當他po上素淨的菜色時，我們卻在大啖松葉蟹、日式燒肉、海膽鮭魚卵丼，和麻辣火鍋。

這讓陽岱鋼有時候氣不過，會突然冒出一句：「你們不要太過分！」哈哈！

主婦的
暗鬥

Kakin

北海道
必吃
玉米

其實，從陽岱鋼球場上的表現，幾乎可以窺見他與家庭的緊密相連。

大女兒出生時，他沒能陪在妻女身邊，但連續兩天，他都打出全壘打。

陽太太回台探親時，他明顯受到一些美食圖片的干擾，對西武的一場比賽竟然拿了三次三振和一次接殺，陽太太po出麻辣鍋、大腸頭、科學麵、牛雜，他回po納豆、白飯、蔬菜，宛容居然打槍這位名將：「你今天的成績吃這樣也是剛好而已！」想來，這位名將也是因為背後賢內助的「鞭策」加吐槽，才不至於大頭症，也一直保持著努力不懈的最佳狀態。

而我們能做的，便是對這樣尊重自己運動生涯的球員，給予支持鼓勵！至於Yoh桑可愛的妻小，就交給我們這些球迷啦！再等十年，等陽岱鋼好好打完球！這十年，陽太太和陽妹妹就跟著我們繼續吃喝玩樂吧！

你們不要
太過分！

在乃之風飯店，它的男女湯屋會互換，
所以兩邊的風景都可以看到。

另外，它還打造了另一處湯屋，純室
內。從玄關的木櫃、更衣室的畫報，和
浴場的富士山壁畫、香檳色瓷磚拼貼出
的仙鶴、洗澡用的小盆，都以日本百年
前的昭和時代為主題，別有一番風情。

我們常常一日兩湯，吃完飯稍事休息先
去戶外湯，臨睡前再去昭和湯。

昭和湯外照例有販賣機，只賣牛奶。鮮
奶、水果牛奶、巧克力牛奶。

投幣，選擇口味，喝牛奶，光這一件小
事，都是孩子們搶著做的大事。

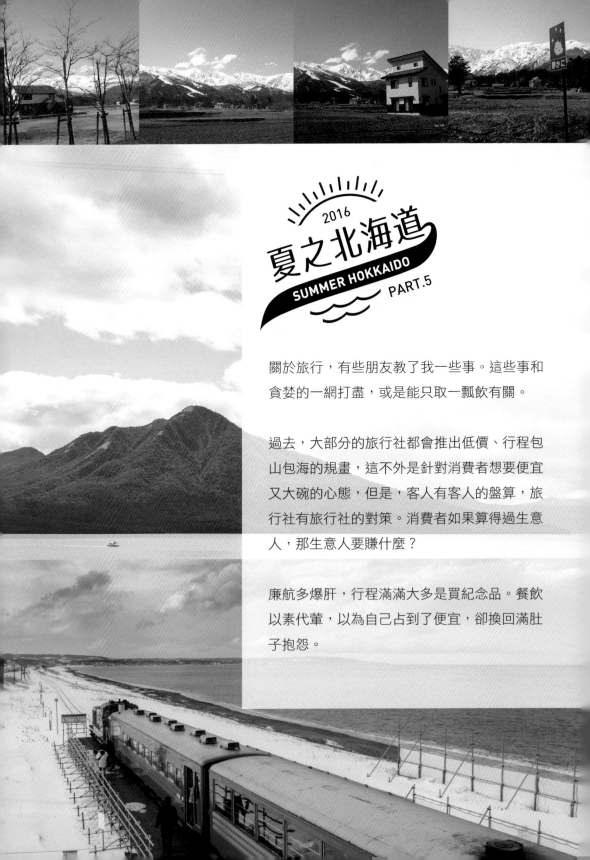

夏之北海道
2016
SUMMER HOKKAIDO
PART.5

關於旅行，有些朋友教了我一些事。這些事和貪婪的一網打盡，或是能只取一瓢飲有關。

過去，大部分的旅行社都會推出低價、行程包山包海的規畫，這不外是針對消費者想要便宜又大碗的心態，但是，客人有客人的盤算，旅行社有旅行社的對策。消費者如果算得過生意人，那生意人要賺什麼？

廉航多爆肝，行程滿滿大多是買紀念品。餐飲以素代葷，以為自己占到了便宜，卻換回滿肚子抱怨。

後來，認識了好友CJ。她教我們如何精緻地旅遊。不貪多、不暴飲暴食，而是在異地中緩慢遊走，不見得一定要去觀光景點，反而要造訪巷弄在地人生，或是祕境絕景，感受、感動比趕行程重要。

當然，如果大都會型的充電之旅，多看展覽、表演，或是蒐集夠多的資料是必要的，那又另當別論。心湄則是在買東西方面讓我開了眼界。她像個武林高手，能在萬箭齊飛下抓住唯一一支致命的。她能在東京逛上老半天也不出手，她選的，絕對是經典，不退流行的雋永。

這樣的弱水三千只取一瓢飲，需要定力、需要清楚的頭腦、需要決心、需要斷捨離。這跟男人能從獸性掙脫一樣地困難。

如何違反動物性用理智取捨，不但要智慧，也需要人生經驗。多數男人都要等到體力不好才懂得愛情，大多數人要等到腸胃不好才會謹慎飲食，大多數人要等到瀕死過一次才知道人生不是只有功成名就。

北海道之夏，我們把最後一站交給了洞爺湖。

又是洞爺湖啊！冬天不是去過了？是的，但是，我的朋友，上帝分出四季是有原因的。

夏天的洞爺湖，因為有了充足的日照，湖水層次更多，藍色、碧綠色、湛藍色、墨水藍色。湖上有城堡式的遊船，讓遊客環湖用。
基本上，這一帶環湖的飯店都美，大廳幾乎都是落地玻璃，湖光山色讓大人小孩都能靜上幾分鐘。

從新雪谷翻山越嶺驅車至此要一個小時左右（冬天因為雪路難行，會多開一會兒）。以為離開了新雪谷，卻沒想到，眺望洞爺湖，還是看到了那個老朋友——羊蹄山。

它其實不高，被稱做小富士山。在我們往小木屋時，它在窗外；在我們離開新雪谷時，會跟它說bye-bye；沒想到在洞爺，它又跟了過來。

飯店工作人員向我們介紹設施跟環境，他特別提到了夏日煙火，說是可以在湖邊，或是房間觀賞，「兩種都要看，感覺不一樣喔！」

這麼說來，煙火施放不只一天？

是的，洞爺的夏日煙火基本是從每年的四月底到十月底。半年，每晚施放時間是8:45。每次施放四百五十發。

它是用小船施放，快速地在湖面上移動，像個點鞭炮的孩子，點了就跑。每個飯店的正面至少有十分鐘的主秀，然後沿著這些面湖飯店一路放出五光十色的驚喜。

飯店建議了賞煙火方法，第一晚試了第一種，穿上他們的浴衣和木屐，走去湖邊看了第一次。

第二晚，在房裡的榻榻米，看著載遊客的大船從碼頭上駛出，8:40，本來要坐在房裡看，我突然福至心靈，拎上女兒，衝上屋頂九樓的露天風呂——邊在戶外泡湯邊看啊！

我們興奮地跑著、搭電梯、上樓、衝進更衣室、脫光，再穿過室內溫泉池，光溜溜地爬一層樓，往上，推門往外。

鳥瞰整座已漆黑的湖。

屋頂有風，迅速鑽進池中，好燙！沒關係，它在最前端皆有平台，我們像想上岸的美人魚，整條趴在那半是池水的大理石平台上。

隨即，花火開始綻放，大秀登場。

紅色星火攀向高空，炸散，綠色的圓形，往下，如柱狀的瀑布，在湖面放射出燦爛；金色如水蛇般的尾巴、追入空中，炸開，成流蘇。我們的身體，自由地在水中晃蕩，無拘、無縛，赤身裸體地看著這場精心大秀，偶爾抱著我最愛的寶貝女兒，親親、摟摟。

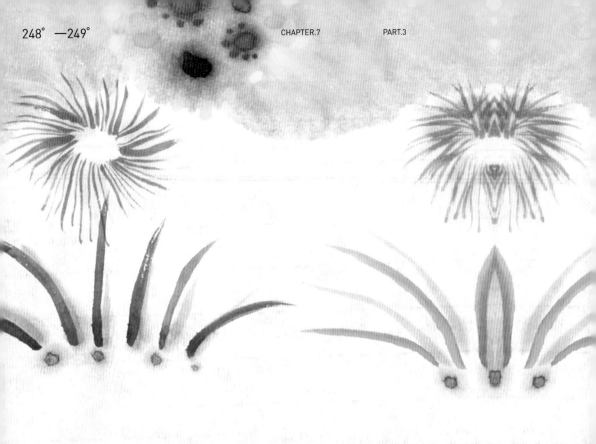

女 兒 ， 不 要 忘 記 這 個 瞬 間 。

不要忘記這樣的美好、自在；不要忘記我們為了美好而一起奔跑；不要忘記那短暫卻可以永恆的開心；不要忘記此時的天空、湖水和風。

其實，人生的快樂，對我來說，這是最好。

幸福到耳中都出現了好聽的歌，幸福到以前發生了什麼都不重要，幸福到我覺得彷彿我像我女兒一樣小，只要和她泡在池子裡，一起笑就好。

那個當下就是一切。

旅行的意義，是入定，是穿越，是修行，是讀了萬卷書也換不到的感動，是褪去一切以為需要的。然後清明地回到最初。

給你。

親愛的老公：

很快地，從認識你第一天開始，我們倆已經牽手十三個年頭了。

苦樂參半、互相扶持——我們堅守著結婚時的誓言，愛著彼此、包容彼此，有時歡笑，有時忍淚。

我們了解對方越深，就越愛對方。

這樣的愛，從愛一個人，到兩個人、三個人，以為會分成三份，沒想到是變成了三倍。

雖然大部分的時間都花在孩子身上，我們自己能留給自己的時間寥寥無幾，但我們也甘之如飴。

但是，對於你，我有著深深的虧欠。因為我對你的重度依賴，讓你不能自由地飛。

曾經，那個瀟灑地站在浪頭上的少年、那個帥氣地吹車甩尾的賽車手，居然被我困住了。

變成了我的司機、我的靠山、我的避風港、我的專屬老李。然後，又變成了孩子的褓姆、大玩偶、健身教練、教官、貼身保鑣。

我知道你是屬於天空、屬於海、屬於風的。

如果你的生命中沒有我，你早就去過更多的地方，看過更藍的海洋。

而我，因為自私、因為膽小、因為沒有信心面對自己的感情，所以死命地拖住你，不讓你離開。

寸步不得離。

你居然默許了我，縱容了我，順了我。

我歡天喜地，如獲至寶。

你摘下你的翅膀，束之高閣。

十三年了，我聽得見你心裡對遠方的渴望，看得見你眼裡偶爾的沮喪。

雖然你都不說。甚至還心甘情願地，放棄一切可能的輝煌。

一個鐵錚錚的漢子，放下的不只是心底的聲音，還有別人的眼光。

我該如何償還你給的？

那一年，我們看見了雪。

雪，是天上捎來的信。

那信，給我寫的是相信自己；給你的那封，寫的是失去
的青春。

於是，你又可以盡情肆意地飛翔。你在雪地上，看起來
是那麼快樂、那麼享受。

我遠遠地看著你，遠遠地感覺到你又找到了身體裡已死
的部分。我像隻笨鳥在地上匍匐，欣賞你鷹般的翱翔。

如果雪能還給你，那些我欠你的，那麼，我願意，克服
那些懼怕。因為，跟你曾為我做的比起來，我只是一片
小雪花，而你，是那片白馬雪場。

一直感謝你的　妻

國家圖書館出版品預行編目資料

╳！為何我又站在雪地上／陶晶瑩
-- 初版 -- 臺北市：圓神，2016.12
　　256 面；17×23公分 --（圓神文叢；198）
　　ISBN 978-986-133-582-7（平裝）

855　　　　　　　　　　　　　　　　　105008768

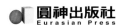

www.booklife.com.tw　　　　　　　　reader@mail.eurasian.com.tw

圓神文叢　198

╳！爲何我又站在雪地上

作　　　者／陶晶瑩
圖　　　畫／陶晶瑩
攝　　　影／陶晶瑩・李李仁・盧邑安・何桂禎
發 行 人／簡志忠
出 版 者／圓神出版社有限公司
地　　　址／台北市南京東路四段50號6樓之1
電　　　話／（02）2579-6600・2579-8800・2570-3939
傳　　　真／（02）2579-0338・2577-3220・2570-3636
總 編 輯／陳秋月
主　　　編／吳靜怡
專案企畫／賴真真
責任編輯／吳靜怡
校　　　對／吳靜怡・周奕君
美術編輯／林雅錚
行銷企畫／吳幸芳・荊晟庭
印務統籌／劉鳳剛・高榮祥
監　　　印／高榮祥
排　　　版／杜易蓉
經 銷 商／叩應股份有限公司
郵撥帳號／18707239
法律顧問／圓神出版事業機構法律顧問　蕭雄淋律師
印　　　刷／國碩印前科技股份有限公司
2016 年 12 月　初版
2017 年 1 月　3 刷

定價 399 元　　　　ISBN 978-986-133-582-7